KB266312

무음의 마음

무음의 마음

말하지 못한 마음들의 연대기

주지혜 지음

좋은땅

부산예술중학교, 부산예술고등학교를 졸업하며 그림의 시간만이 좋았던 작고 투명한 아이.
성인이 되어 독일로 배움의 길을 떠났고 책을 좋아하는 사람이 되어 종일을 책과 함께하였다.

늦게 공부를 좋아하게 되었고 일찍 아시아나항공 국제선 승무원에 몸을 담았다.
잘하는 분야가 빛날 수 있도록 부산대학교 교육학과 교육방법전공으로 석사를 졸업하였다.

말과 글의 힘으로 현재 김해대학교에서 특임교수로 강의를 하며 '부산 퍼스널컬러&골격진단 센터' 대표로 활동 중이다.

"삶은 성적이나 자격증이 아니다.
잘하는 것을 찾아가는 과정과 잘하는 것을 빛나게 할 수 있
는 과정이다"를 증명하는 별 하나

소리 내지 못한 마음을 위하여 이 책을 바칩니다.

저서로는 『복사, 붙여넣기로 인생을 끝낼 수 없다』,
『Personal Color Therapy』, 『퍼스널 컬러와 색채 심리-마음
을 읽어주는 컬러 테라피』가 있다.

CONTENTS

2 | 감정이 침묵을 배우는 시기

20대의 무음 – 흔들림과 과부하의 날들

말보다 먼저 도착한 마음에게

나는 늘 말을 늦게 배웠다.

정확히 말하면, 말보다 마음이

먼저 도착해 버리는 사람이었다.

그래서 많은 순간에 설명하지 못했고,

설명하지 못한 채로 지나온 시간들이

마음속에 소리 없이 쌓여 갔다.

이 책은

잘 말하지 못했던 순간들에 대한 기록이다.

아무 일 없다는 얼굴로 하루를 통과하던 날들

괜찮은 척 웃으며 속도를 숨기던 시간들

어른이 되어 간다고 믿었지만

사실은 계속 배워야만 했던 마음의 자세들.

10대의 나는

어디에도 속하지 못한 채 교실 밖에 서 있었고

20대의 나는

모두가 잘 사는 것처럼 보이는 세상에서

나만 뒤처진 것 같아 자주 숨이 찼다.

30대가 되어서는

마음은 여전히 미숙한데

괜찮은 어른처럼 살아야 한다는 역할을

매일 연습하듯 수행했다.

이 책에 담긴 글들은 완성된 대답이 아니다.

오히려 대답하지 못한 질문들에 가깝다.

그럼에도 불구하고

그 질문들을 끝내 버리지 않고

여기까지 안고 온 마음들이다.

이 책으로 하여금 당신이

잠시 숨을 고를 수 있다면

그걸로 충분하다.

이 책은 소리를 내지 않는다

그러나 조용히 진동한다.

당신의 마음과 아주 낮은 음으로 맞닿기를 바라며

나는 이 기록을 건넨다.

1

감정이 먼저 말을 배울 때

10대의 무음
- 소속되지 못한 마음

나는 왜 나를 가장 먼저 미워했을까

아무도
큰소리로 말하지 않았는데

나는 혼자서
그날을 여러 번 되감았다

복도에서
괜히 늦게 걷던 걸음,
대답하지 못하고
고개를 숙였던 순간,
집에 와서야
뒤늦게 떠오른 말들

왜 그땐

아무 말도 못 했을까
왜 웃기만 했을까

거울 앞에 서서
괜찮은 얼굴을 만들어 놓고
속으로는
하루 종일 나를 혼냈다

다른 사람의 말은
생각보다 오래 남지 않았는데
내가 나에게 한 말은
밤이 되어도 꺼지지 않았다
상처는
늘 밖에서 오는 줄 알았는데
집에 돌아와서도
아픈 이유는 나였다

그때의 나는
나를 다독이는 법보다

미워하는 말이 더 익숙했다

아프면
누군가를 찾기보다
먼저 나를 탓하는 것이
습관처럼 빨랐다

이제 와서야 안다
그날의 나는
잘못해서가 아니라
너무 어린 마음으로
버티고 있었다는 걸

#1

나는 왜 늘 나를 가장 먼저 의심했을까.

그 질문은 어느 날 갑자기 생긴 것이 아니라, 오래전부터 조용히 쌓여 온 생각의 끝에서 불쑥 고개를 들었다. 누군가 나에게 큰소리로 상처를 준 날보다, 아무 일도 없었던 날에 그 질문은 더 또렷해졌다. 특별히 혼난 기억도, 공개적으로 망신을 당한 순간도 없는데 이상하게 마음은 늘 무거웠다. 마치 하루를 마치고 집에 돌아오면 반드시 혼자 해야 할 일이 남아 있는 것처럼, 나는 스스로를 불러 세워 하루를 복기했다.

그날도 비슷했다.

학교 복도는 늘 그랬듯 애매하게 밝았고, 사람들은 저마다의 속도로 지나갔다. 나는 괜히 조금 느리게 걸었다. 서두를 이유도 없었고, 그렇다고 멈출 이유도 없었지만, 사람들 틈에 섞여 걷는 것이 어쩐지 불편해서 한 박자 늦은 걸음으로 벽 쪽을 따라 움직였다. 누군가 말을 걸 것 같으면 고개를 숙였고, 눈이 마주칠 것 같으면 시선을 피했다. 특별히 숨길 일이 있어서가 아니라, 괜히 나라는 사람이 드러

날까 봐 조심스러웠다.

그날 하지 못한 말이 있었다.

누군가 던진 가벼운 질문에 나는 웃기만 했다. 머릿속에서는 여러 문장이 동시에 떠올랐지만, 그중 어떤 것도 입 밖으로 나오지 않았다. 말은 늘 한 박자 늦게 완성되었고, 그사이 대화는 이미 다른 방향으로 흘러가 있었다. 집으로 돌아오는 길에야 그 말들이 또렷해졌다. 왜 그때 그렇게 말하지 못했을까, 왜 그냥 웃어넘겼을까. 지하철 창에 비친 내 얼굴은 아무 일 없다는 듯 담담했지만, 마음속에서는 계속해서 같은 장면이 반복 재생되고 있었다.

집에 도착하자마자 가방을 내려놓고 거울 앞에 섰다.

습관처럼 얼굴을 살폈다. 너무 어둡지도, 너무 밝지도 않은 표정을 만들기 위해 입꼬리를 조금 조절하고 눈빛을 정리했다. 겉으로 보기에 나는 괜찮아 보였다. 적어도 문제없어 보이는 얼굴이었다. 하지만 그 얼굴을 바라보는 내 시선은 조금도 따뜻하지 않았다. 오히려 날카로웠다. 왜 그때 그렇게 굴었는지, 왜 항상 같은 선택을 하는지, 왜 더 당당하지 못한지. 나는 하루 종일 나를 혼내고 있었다.

이상한 일이었다.

 무음의 마음

다른 사람이 무심코 던진 말들은 시간이 지나면 희미해졌는데, 내가 나에게 했던 말들은 쉽게 사라지지 않았다. 밤이 되면 더 선명해졌다. 불을 끄고 누우면 낮 동안 미뤄두었던 생각들이 다시 고개를 들었다. '내가 좀 더 잘했더라면', '내가 이상한 건 아닐까', '왜 이렇게 사소한 일에도 흔들릴까'. 그 질문들은 대답을 원하지 않는 것처럼 반복되었고, 나는 그 질문들에 반박하지 못한 채 가만히 누워 있었다.

상처는 늘 밖에서 오는 줄 알았다.

사람들의 말, 평가, 시선 같은 것들이 나를 아프게 한다고 생각했다. 하지만 하루를 정리하며 돌아보면, 집에 와서도 계속 아픈 이유는 결국 나 자신이었다. 내가 나에게 던진 말들, 나를 향한 실망, 스스로에게 붙인 이름들이 가장 오래 남았다. 누군가의 말보다 내가 나를 대하는 방식이 훨씬 가혹했다는 사실을, 그때는 알지 못했다.

아프면 누군가를 찾기보다 나는 먼저 나를 탓했다.

그게 더 익숙했고, 덜 번거로운 방법처럼 느껴졌다. 누군가에게 기대는 일은 설명이 필요했고, 설명에는 용기가 필요했다. 반면 나를 비난하는 일은 너무 자연스러워서 설명조차 필요 없었다. 마치 오래전부터 배워온 언어처럼, 나는 나를 깎아내리는 말을 쉽게 떠올렸다. 다독이는 말은 어색했고, 위로는 어디서부터 시작해야 할지 몰랐다.

지금에서야 조금 알 것 같다.

그때의 나는 잘못해서 그렇게 된 게 아니라, 너무 어린 마음으로 너무 많은 상황을 견디고 있었다는 걸. 처음 겪는 실패와 혼란 앞에서, 나는 나를 지키는 방법을 몰랐다. 그래서 나를 안아 주기보다 먼저 밀어냈고, 버티기 위해 나를 작게 만들었다. 그게 유일한 생존 방식이라고 믿었던 것 같다.

만약 그 시절의 나를 다시 만난다면, 나는 그날의 선택을 고쳐 주고 싶지는 않다. 더 용감해지라고, 더 당당해지라고 말하지도 않을 것이다. 다만 그날의 나에게 조용히 말해 주고 싶다. 지금의 너는 충분히 애쓰고 있고, 그만큼 흔들릴 수 있다고. 미워하지 않아도 될 만큼, 이미 많은 것을 견디고 있다고.

이 글은 나를 변명하기 위한 이야기가 아니다.

다만 오래도록 나를 가장 먼저 의심해 왔던 시간들을 이제야 천천히 되짚어 보는 기록이다. 우리는 너무 이르게 스스로를 평가하는 법을 배웠고, 그래서 나중에서야 스스로를 이해하는 연습을 시작한다. 이 글을 읽는 누군가도 어쩌

 무음의 마음

면 자신을 가장 먼저 미워했던 날을 떠올릴지도 모른다. 그 기억 앞에서, 예전보다 조금은 부드러운 마음으로 자신을 바라볼 수 있기를 바란다.

그때의 우리는 약해서가 아니라, 조용히 버티느라 그렇게밖에 할 수 없었으니까.

괜찮은 척은 언제부터 버릇이 되었을까

괜찮다는 말은
입술에 먼저 걸리고
마음에는
늦게 도착했다

말을 꺼내는 순간
이미 대답은 정해져 있었고
그 말 뒤에 숨어 있던 감정은
차례를 기다리지 못했다

괜찮다고 말한 날들이
하나둘 쌓이면서
나는 점점
보이지 않는 사람이 되었다

울지 않아도

마음은 젖었고

웃지 않아도

하루는 지나갔다

괜찮다는 말은

나를 지켜 주는 옷이었지만

매일 입다 보니

숨이 막혔다

벗고 싶었지만

어디서부터 풀어야 할지

알 수 없어서

그냥 익숙해졌다

언제부터였을까

내 진짜 얼굴보다

괜찮은 얼굴이

먼저 기억된 게

아마도

아프다고 말하는 법보다

참는 법을

더 빨리 배웠을 때부터

무음의 마음

#2

처음부터 괜찮은 척을 잘했던 건 아니었다.

오히려 나는 꽤 솔직한 아이였다. 아프면 아프다고 말했고, 싫으면 싫다고 고개를 저었다. 마음이 다치면 표정부터 먼저 흔들렸고, 감정은 숨길 수 없는 것처럼 얼굴 위에 올라왔다. 그 시절의 나는 '괜찮다'라는 말을 굳이 연습하지 않아도 되는 사람이었다.

그러다 어느 순간부터, 말의 순서가 바뀌기 시작했다.

마음이 먼저가 아니라 입술이 먼저 움직였다. 무슨 일이 있었는지 묻는 질문이 오면, 생각할 틈도 없이 대답이 튀어나왔다. "괜찮아." 그 말은 너무 자연스러워서, 내가 진짜로 괜찮은지 아닌지를 확인할 시간조차 주지 않았다. 마치 정해진 인사말처럼, 상황과 상관없이 꺼내야 하는 말이 된 것 같았다.

괜찮다고 말하는 건 생각보다 많은 것을 해결해 주었다.

설명을 하지 않아도 됐고, 분위기를 흐리지 않아도 됐다. 누군가의 걱정을 오래 붙잡아 둘 필요도 없었다. 무엇보다, 나 자신을 들여다보지 않아도 되는 핑계가 되었다. 괜찮다고 말하는 순간, 그 뒤에 숨어 있던 감정들은 자연스럽게 미뤄졌다. 차례를 기다릴 새도 없이, 마음속에서 밀려났다.

그렇게 괜찮다고 말한 날들이 쌓였다.

하루, 이틀, 한 달, 몇 년.

어느새 나는 잘 드러나지 않는 사람이 되어 있었다. 웃고 말하고 일상을 살아가고 있었지만, 정작 나의 속은 아무도 묻지 않는 영역이 되었다. 울지 않는다고 해서 젖지 않는 건 아니었고, 웃지 않는다고 해서 하루가 멈추는 것도 아니었다. 겉으로 보기엔 아무 일 없는 날들이, 속으로는 조용히 스며들며 나를 적셔 갔다.

'괜찮다'라는 말은 처음엔 보호막 같았다.

입으면 외부의 시선으로부터 나를 지켜 주는 옷 같았고, 약해 보이지 않게 해 주는 단정한 외투 같았다. 그런데 매일 입다 보니 숨이 막히기 시작했다. 벗고 싶다는 생각은 들었지만, 어디서부터 단추를 풀어야 할지 알 수 없었다. 언제부터 입었는지도, 언제부터 불편해졌는지도 모른 채, 그냥 익숙해지는 쪽을 선택했다.

사람들은 나를 '늘 괜찮은 사람'으로 기억했다.

힘들어도 잘 버티는 사람, 웬만한 일엔 흔들리지 않는 사람. 그 평가는 틀린 말은 아니었지만, 전부는 아니었다. 나는 그 이미지에 맞추어 조금씩 나를 줄여 갔다. 아픈 표정은 삼키고, 불안한 말은 정리해서 지웠다. 그러다 보니 어느 순간, 진짜 얼굴보다 '괜찮은 얼굴'이 먼저 떠오르게 되었다.

돌이켜 보면, 그 시작은 아주 작았다.

아프다고 말했을 때 돌아오던 어색한 침묵, 걱정을 털어놓았을 때 느껴졌던 미묘한 부담감. 그때 나는 배웠다. 아픔을 말하는 것보다 참는 게 더 빠르다는 걸. 설명하는 것보다 웃어넘기는 게 더 편하다는 걸. 그렇게 나는 나를 지키는 방법으로 '참는 법'을 먼저 익혔다.

이제는 가끔 묻게 된다.

괜찮은 척은 언제부터 버릇이 되었을까.

아마도 누군가에게 짐이 되고 싶지 않았던 순간부터, 약해 보이고 싶지 않았던 날들부터, 혹은 스스로에게조차 아프다고 인정하기 어려워졌을 때부터였을 것이다.

너무 오래 입고 있던 옷의 무게를 이제야 느껴보는 것처럼. 언젠가는 그 말을 입술보다 마음이 먼저 말할 수 있기를, 괜찮지 않을 때는 괜찮지 않다고 말해도 괜찮아지는 날이 오기를, 아주 작게 바라보면서.

괜찮다는 말 뒤에 남겨 두었던 감정들이

이제는 조금 늦게라도,

차례를 기다리지 않고

제 목소리를 낼 수 있기를.

무음의 마음

▌이유
울고 싶은 이유를 설명할 수 없던 밤

그날 밤은
특별히 슬픈 일이 없었다

크게 혼난 것도 아니고
누군가와 다툰 것도 아니었는데
불을 끄고 누우니
눈물이 먼저 나왔다

왜 우는지
스스로에게 물어봤지만
대답은 끝내 나오지 않았다

하루를 천천히 떠올려도
눈물이 날 만큼의 장면은

어디에도 없었다

그래서 더 곤란했다
아프다고 말하기엔
이유가 없었고
괜찮다고 넘기기엔
마음이 너무 젖어 있었다

베개를 적시며
소리를 삼켰다
혹시라도
이유 없는 울음이
누군가에게 들릴까 봐

눈물은
설명되지 않아도 흘렀고
마음은
이유를 기다리지 않았다

그제야 알았다

울음에도

항상 원인이 필요한 건 아니라는 걸

참아 온 날들이

아무 말 없이 쌓이다가

그냥

밤이 되면

넘쳐흐를 수도 있다는 걸

그래서 그 밤의 울음은

약해서가 아니라

너무 오래 조용했기 때문에

나온 것이었다

#3

그 밤을 떠올리면, 가장 먼저 생각나는 건 이유가 없었다는 사실이다.

특별히 슬픈 하루도 아니었고, 기억에 남을 만한 사건도 없었다. 아침에 일어나 평소처럼 씻고, 해야 할 일을 하고, 무사히 하루를 마쳤다. 누군가에게 상처를 받지도 않았고, 크게 실망한 일도 없었다. 오히려 무난하다고 말할 수 있을 만큼 조용한 하루였다.

그래서 더 이상했다.

불을 끄고 누웠을 뿐인데, 눈물이 먼저 나왔다는 게.

어둠이 방 안에 고르게 퍼지고, 소리들이 하나둘 사라진 뒤에야 마음이 제 목소리를 낸 것처럼. 나는 천장을 보며 가만히 숨을 쉬다가, 어느새 눈가가 뜨거워졌다는 걸 뒤늦게 알아차렸다.

왜 우는지 알고 싶었다.

이유를 찾으면 멈출 수 있을 것 같았기 때문이다. 나는 마음속으로 질문을 던졌다. 오늘 무슨 일이 있었지? 누가 나를 힘들게 했나? 내가 너무 예민했던 순간은 없었나? 하루를 처음부터 끝까지 천천히 되짚어 보았지만, 눈물을 허락할 만큼의 장면은 어디에도 없었다. 그래서 더 곤란해졌다. 아프다고 말하기엔 이유가 부족했고, 괜찮다고 넘기기엔 마음이 이미 젖어 있었다.

눈물은 점점 많아졌고, 나는 베개에 얼굴을 묻었다.

소리를 내지 않으려고, 이유 없는 울음이 누군가에게 들리지 않게 하려고. 설명할 수 없는 감정은 늘 부끄러움에 가까웠다. 울 이유를 묻는 질문이 따라올 것 같았고, 그 질문에 대답하지 못하는 나 자신을 마주하고 싶지 않았다.

그날 밤, 나는 처음으로 깨달았다.

눈물은 반드시 사건을 필요로 하지 않는다는 걸. 마음은 늘 논리적으로 움직이지 않는다는 걸. 우리는 슬픔을 설명할 수 있을 때만 울 자격이 있다고 배워 왔지만, 사실은 그렇지 않다는 걸. 말해지지 않은 날들, 참아 온 순간들, 애써 무난하게 넘긴 감정들이 쌓이다 보면, 어느 밤엔 이유 없이 넘쳐흐를 수도 있다는 걸.

돌이켜 보면 그 눈물은 그날의 것이 아니었다.

며칠 전의 피로였고, 몇 주 전의 외로움이었으며, 오래전부터 미뤄 두었던 감정들의 합이었다. 괜찮다고 말하며 지나친 날들, 설명하기 귀찮아서 삼킨 말들, 아무 일 아니라며 스스로를 설득했던 순간들이 한꺼번에 도착한 밤이었다. 낮에는 하나도 무겁지 않던 것들이, 밤이 되자 제 무게를 드러냈다.

그 이후로 나는 울음에 대해 조금 다르게 생각하게 되었다.

이유 없는 울음은 이상한 것이 아니라, 오히려 정직한 감정일지도 모른다고. 설명되지 않는다고 해서 잘못된 것도 아니고, 의미가 없어서 흘리는 것도 아니라는 걸. 마음은 때때로 이유를 건너뛰고 바로 반응한다. 그건 약함이 아니라, 더 이상 미룰 수 없다는 신호에 가깝다.

그 밤의 나는 울음을 멈추기 위해 애쓰지 않았다.

다만, 울어도 되는 밤이라는 걸 스스로에게 허락해 보았다. 이유를 찾지 않아도 괜찮다고, 설명하지 않아도 이해받을 필요는 없다고. 눈물은 결국 천천히 잦아들었고, 방 안은 다시 고요해졌다. 하지만 그 고요는 이전과 조금 달랐다.

아침이 오면, 나는 다시 아무 일 없던 사람처럼 하루를 시작했을 것이다.

그렇지만 마음 어딘가에는 분명히 남아 있었다. 설명하지 않아도 흘렀던 그 밤의 울음이, 내가 얼마나 많은 감정을 조용히 지나쳐 왔는지를 말해 주고 있었다.

지금도 가끔, 이유 없이 마음이 젖는 밤이 찾아온다.

그럴 때마다 나는 더 이상 이유를 묻지 않는다. 대신 이렇게 생각한다. 아, 이건 참아 온 시간들이 나를 찾아온 거구나. 그리고 그날처럼 조용히 불을 끄고, 마음이 흘러가도록 내버려 둔다. 이유 없는 울음도, 결국은 나를 지키는 방식 중 하나였다는 걸 이제는 알기 때문이다.

어른이 되면 덜 아플 줄 알았다

어른이 되면
울 일이 줄어들 줄 알았다

대신
참을 일이 늘어났다

아픔은
사라지는 것이 아니라
형태를 바꿨다

소리는 작아졌고
시간은 길어졌다

어릴 적에는

아프면 바로 울었는데
지금은
웃고 난 뒤에 아프다

괜찮다는 말이
먼저 나오고
아픔은
나중에 따라온다

어른이 된다는 건
덜 아픈 사람이 되는 게 아니라
아픔을
들키지 않는 연습이었다

그래서 나는
오늘도
잘 자란 얼굴로
조용히 아프다

#4

조그마한 어른이 되어서야, 열다섯의 내가 떠오른다.

그때의 나는 아픔을 숨길 줄 몰랐다. 이유가 분명하지 않아도 울었고, 설명하지 못해도 눈물이 먼저 나왔다. 어른들이 보기엔 사소한 일들이었을지 모르지만, 그때의 세계는 작았고, 그래서 아픔은 늘 전부처럼 느껴졌다. 울음은 빠르고 솔직했다. 마음이 다치면 몸이 먼저 반응했다.

그 시절 나는 어른이 되면 덜 아플 거라고 믿었다.

아픔은 미성숙한 감정의 흔적이고, 시간이 지나면 자연스럽게 사라질 거라고 생각했다. 울지 않는 어른들의 얼굴을 보며, 아픔은 성장과 함께 정리되는 것이라 착각했다. 나이가 들면 감정도 정돈될 줄 알았다.

하지만 지금의 나는 안다.

아픔은 사라지지 않았다. 다만 형태를 바꿨다.

열다섯의 나는 교실에서 울었고, 서른의 나는 집에 와서야 숨을 고른다. 그때는 울고 나면 끝이었는데, 지금은 웃고 나서야 아프다. 감정은 즉시 도착하지 않고, 하루를 다 살아 낸 뒤에야 조용히 따라온다.

열다섯의 나는 아프면 바로 울었다.

서른의 나는 아픔을 한 번 더 생각한다. 지금 울어도 되는지, 이 감정이 말해도 되는 종류인지, 누구에게까지 보여도 괜찮은지를 먼저 계산한다. 그 사이에 감정은 많이 식어버리고, 대신 피로처럼 몸에 남는다.

어른이 된다는 건 덜 아픈 사람이 되는 게 아니었다.

아픔을 들키지 않는 사람이 되는 일이었다.

열다섯의 나는 아픔을 드러내서 혼났고, 서른의 나는 드러내지 않아서 칭찬받는다. 잘 버틴다는 말, 성숙하다는 평가, 단단해 보인다는 시선들이 쌓일수록, 나는 아픔을 조용히 숨기는 쪽으로 더 능숙해졌다.

가끔 생각한다.

만약 열다섯의 내가 지금의 나를 본다면 뭐라고 말할까.

아마 이렇게 말할 것이다. 왜 그렇게까지 참아야 하냐고, 왜 웃고 있냐고. 그 아이는 몰랐고, 나는 이제 안다. 그때는 울 수 있었고, 지금은 울지 않아야 하는 순간들이 더 많아졌다는 걸.

서른의 나는 '잘 자란 얼굴'을 하고 있다.

사회에서는 그 얼굴이 필요하고, 어른에게는 그 얼굴이

편리하다. 하지만 그 얼굴 뒤에는 여전히 열다섯의 내가 있다. 아프면 바로 울던 아이, 이유 없어도 눈물이 났던 마음. 다만 이제는 그 아이가 앞에 나서지 못하고, 뒤에서 조용히 숨을 고르고 있을 뿐이다.

어른이 되면 덜 아플 줄 알았던 건 착각이었다.

지금의 나는 덜 아픈 사람이 아니라, 아픔을 늦게 느끼는 사람이 되었다. 소리는 작아졌고, 시간은 길어졌다. 울음은 사라진 게 아니라, 밤으로 옮겨 갔다.

그래서 오늘도 나는 잘 자란 얼굴로 하루를 마친다.

그리고 하루가 끝난 뒤, 아주 조용한 순간에야

열다섯의 나와 눈을 마주친다.

아직 아프다는 사실을, 이제는 부정하지 않기 위해서.

 무음의 마음

친구라는 이름으로 배운 감정

어제까지는

같은 마음이었는데

오늘은

어디에 서야 할지

잠깐 헷갈렸다

우리는 이유 없이 가까웠고

이유 없이

달라질 수 있었다

어제 나눴던 말이

오늘은

굳이 꺼내지 않아도 되는 이야기가 되고

웃음의 방향이 바뀌면

자리는 자연스럽게 갈라졌다

친구라는 말은
늘 쉬웠지만
그 안의 마음은
자주 바뀌었다

싫어진 건 아닌데
먼저 부르지 않게 되고
멀어진 건 아닌데
기다리는 쪽이 생겼다
누군가는 금방 다른 옆자리를 찾았고
누군가는
아무 일 없다는 얼굴로
혼자 남았다

그 시절의 우리는
관계를 붙잡는 법보다
넘어가는 법을

더 빨리 배웠다

그래서 상처가 생겨도
이름 붙이지 않았고
아프다는 말 대신
모른 척하는 걸 선택했다

다시 가까워질 수도 있었고
그대로 멀어질 수도 있었지만
어느 쪽이든
설명은 필요 없었다

지금 돌아보면
우리는
서로에게서 떠난 게 아니라
각자의 속도로
자라고 있었는지도 모른다

그래서 아직도 나는

사람과 사람 사이에
조금의 거리를 남겨 둔다

가까워지는 게
언제든 달라질 수 있다는 걸
그때
친구라는 이름으로
처음 배웠기 때문이다

#5

사람과의 관계는 변할 수 있다는 것을 나는 아주 이른 나이에 배웠다.

그건 누가 가르쳐 준 것이 아니라, 매일같이 바뀌는 풍경 속에서 자연스럽게 익힌 감각이었다. 어제는 당연했던 사이가 오늘은 조금 낯설어지고, 특별한 이유 없이 중심이 이동하는 경험들. 그 모든 변화가 빠르고 조용하게 지나갔다.

그때의 친구 관계는 약속보다 분위기에 가까웠다.

분명 친했는데, 그 친함을 유지해야 할 규칙은 없었다. 연락을 하지 않는다고 멀어졌다고 말할 수도 없었고, 다시 가까워졌다고 해서 특별한 계기가 있었던 것도 아니었다. 관계는 늘 열려 있었고, 동시에 언제든 바뀔 수 있었다.

그 시절의 나는 그 변화 앞에서 많이 생각하지 않았다.

생각하기엔 시간이 너무 빨리 흘렀고, 곧 다른 하루가 시작되었기 때문이다. 다만 마음은 기억했다. 가까워졌다가 달라졌던 감각, 설명 없이 바뀐 거리, 이유를 묻지 못하고 넘겼던 순간들. 그 기억들은 말이 되지 못한 채로 남았다.

나중에서야 알게 되었다.

그 경험들이 내가 관계를 대하는 방식의 바탕이 되었다
는 걸.

십 대의 나는 관계가 언제든 바뀔 수 있다는 전제를 먼저
배웠고, 그래서 너무 기대하지 않는 법을 익혔다. 기대하지
않으면 덜 상처 받는다고 믿었고, 그 믿음은 꽤 오래 나를
지켜 주었다.

하지만 동시에, 그 믿음은 조심성을 남겼다.

가까워질수록 마음을 조금 남겨 두는 습관,

완전히 기댔다가 놓이는 상황을 피하려는 태도.

그 모든 것이 십 대의 우정에서 시작되었다는 걸, 지금의
나는 안다.

그 시절의 친구들은 대부분 멀어졌다.

연락이 끊긴 사람도 있고, 이름만 기억나는 사람도 있다.
하지만 그 관계들이 실패였다고는 생각하지 않는다. 그때
의 우리는 서로를 오래 품을 만큼 단단하지 않았고, 그건
누구의 잘못도 아니었다. 우리는 모두 아직 만들어지는 중
이었으니까.

십 대의 우정은 완성되지 않은 관계였다.

그래서 쉽게 바뀌었고, 쉽게 이동했다. 하지만 그 덕분에

나는 배웠다. 사람과 사람 사이에는 늘 같은 거리가 유지되지 않는다는 것, 관계는 고정된 것이 아니라 흐름이라는 것. 그리고 그 흐름 속에서 나 자신을 너무 잃지 않는 법을.

지금의 나는 여전히 관계 앞에서 조심스럽다.

하지만 그 조심스러움은 두려움보다는 이해에 가깝다. 사람은 변하고, 관계도 변한다는 사실을 일찍 배운 덕분에, 나는 변화를 지나치게 개인적인 실패로 받아들이지 않게 되었다.

그래서 가끔,

십 대의 그 불안정한 관계들이 고맙게 느껴진다.

그때 배운 거리 감각 덕분에, 지금의 나는 사람을 붙잡지 않고도 곁에 둘 수 있게 되었으니까. 너무 가깝지도, 너무 멀지도 않은 상태로 관계를 유지하는 법을, 나는 그 시절에 이미 연습하고 있었던 셈이다.

십 대의 나는 몰랐다. 그저 작고 사소한 일들과 대화가 크게 느껴져 기쁘기도 속상했기도 했다.

하지만 지금의 나는 안다. 그 빠르게 가까워지고 멀어지던 시간들이 내 마음에 하나의 간격을 남겼고, 그 간격 덕분에 나는 사람을 놓치지 않으면서도 나를 지킬 수 있게 되었다는 걸.

그것이 친구라는 이름으로 그 나이에 배운, 아주 오래 남는 감정이었다.

 무음의 마음

그 사이에서 사라지는 법

말은 계속 이어졌고
나는 그 틈에 서 있었다

웃음이 먼저 도착하고
대답이 겹쳐질수록
내 자리는 점점 얇아졌다

누군가는 농담을 던졌고
누군가는 하루를 풀어놓았다
그 사이에서 나는
고개만 끄덕이는 사람이 되었다

말을 고를수록
말할 자리는 줄어들었고

침묵을 선택할수록
존재는 더 작아졌다

소외는
쫓겨나는 게 아니라
알아채지 못하게
지워지는 일이었다

나는 말하지 않았고
그래서 들리지 않았고
그래서 없어졌다
사람은 많았고
대화는 넘쳤지만
내 마음은
어느 문장에도 들어가지 못했다

그날 이후
나는 배웠다
말하지 않으면서

사라지는 법을

아무도 눈치채지 못하게

이렇게 나의 무음은 고독하다

#6

어느 순간부터 나는 외롭다는 말을 잘 쓰지 않게 되었다.

그 말은 너무 분명해서, 오히려 내가 느끼는 상태와는 어긋나 있었기 때문이다. 내가 겪는 것은 외로움이라기보다, 내가 점점 줄어드는 감각에 가까웠다. 누군가 곁에 있어도, 말이 오가고 있어도, 나는 점점 얇아지고 있었다.

존재가 얇아진다는 건 사라진다는 뜻은 아니다.

없어지는 것이 아니라, 잘 보이지 않게 되는 일이다. 부피는 그대로인데, 무게가 빠지는 느낌. 같은 자리에 서 있어도 바람에 흔들릴 것 같은 상태. 누구도 밀지 않았지만, 누구도 붙잡지 않은 채로 남아 있는 감각.

말하지 않는 선택은 늘 조용히 시작된다.

굳이 말하지 않아도 괜찮을 것 같아서, 지금은 듣는 쪽이 더 편해서, 혹은 이 말이 꼭 필요한지는 잘 모르겠어서. 그렇게 한 번, 두 번 침묵을 선택하다 보면, 침묵은 성격처럼 굳어진다. 말하지 않는 사람은 점점 말을 기대받지 않는 사람이 되고, 말하지 않는 동안 존재도 조금씩 가벼워진다.

이 상태는 아프다고 말하기도 애매하다.

아프다고 하기엔 상처가 없고, 괜찮다고 하기엔 너무 많이 닳아 있다. 그래서 설명이 어렵다. 외롭다는 말은 감정의 이름이 분명한데, 존재가 얇아지는 감각에는 아직 정확한 단어가 없다. 다만 스스로만이 느낄 수 있을 뿐이다.

얇아진 존재는 흔적을 남기지 않는다.

대화가 끝난 뒤, 누가 무슨 말을 했는지는 기억되지만, 내가 거기에 있었다는 사실은 쉽게 잊힌다. 나는 사라진 게 아니라 기록되지 않은 것이다. 문장 속에 들어가지 못한 단어처럼, 의미 없이 지워진 것이 아니라 애초에 포함되지 못한 채로 남는다.

이런 상태에 오래 머물다 보면, 존재는 점점 스스로를 접는다.

부딪히지 않기 위해, 튀지 않기 위해, 방해가 되지 않기위해. 그렇게 접힌 마음은 더 얇아지고, 얇아진 만큼 더 조심스러워진다. 말은 줄어들고, 감정은 속으로만 흘러간다.

나는 고개를 끄덕인다.

존재가 얇아졌다는 건, 사라졌다는 뜻은 아니다.

여전히 느끼고 있고, 여전히 생각하고 있다. 다만 소리로 나오지 않을 뿐이다. 이 무음의 상태는 고독이라기보다, 밀도에 대한 이야기다. 얼마나 말해졌는가가 아니라, 얼마나 남아 있는가에 대한 문제다.

어쩌면 나는 이 상태를 오래 살아온 사람인지도 모른다.

큰 목소리로 존재를 증명하기보다, 조용히 사라지지 않는 법을 택해 온 사람. 얇아졌지만 완전히 없어지지는 않은 상태로, 간신히 나를 유지해 온 시간들.

그래서 지금도 나는 말하지 않는다.

하지만 그것은 포기가 아니라 선택에 가깝다. 더 이상 존재를 증명하기 위해 소리를 내지 않아도 된다고, 얇아진 채로도 나라는 형태는 남아 있다고 스스로에게 말해 주기 위해서.

이렇게,

나의 무음은 외로움이 아니라

존재가 스스로를 접어 온

오랜 방식에 가깝다.

끝내 말이 되지 못한 마음

너를 좋아한다는 말은

아직 문장이 아니라서

입안에서 자꾸 웃음으로만 흘러나왔다

괜히 네 이름을 불러 보고

아무 이유 없는 질문을 하나 더 만들었다

말하지 않아도

하루가 조금 가벼워진 걸 보면

이미 들킨 것 같기도 했다

끝내 고백하지는 못했지만

그 마음 덕분에

나는 그때,

처음으로 설레는 쪽에 가까웠다

#7

좋아한다는 감정은 꼭 말이 되어야만 존재하는 건 아니었다. 그 시절의 나는 그걸 몰랐고, 그래서 더 조심스러웠다. 마음이 먼저 커지면, 말이 그 뒤를 따라가지 못한다는 사실을 그때 처음 알았다. 누군가를 좋아하면 용기가 생길 줄 알았다. 하지만 실제로는 반대였다. 마음이 진심일수록, 쉽게 꺼낼 수 없었다. 혹시라도 이 감정이 가벼워 보일까 봐, 말로 옮겨지는 순간 사라질까 봐 나는 끝내 아무 말도 하지 못했다. 대신 마음속에서는 매일 고백했다. 오늘도 좋아한다고, 오늘은 조금 더 좋아졌다고. 그 고백들은 아무에게도 닿지 않았지만 나를 조금씩 바꾸어 놓았다.

말하지 못한 마음은 사라지지 않았다. 그저 다른 방식으로 남았다. 괜히 하루를 더 신경 쓰게 하고, 아무 일 없던 날을 오래 기억하게 하고, 나 자신을 조금 더 낯설게 만드는 식으로.

그 시절의 나는 고백하지 못한 사람이 아니라 감정을 처음 품어 본 사람이었다. 그래서 서툴렀고, 그래서 조용했다. 지금 돌아보면 그 마음은 실패도, 미련도 아니었다. 다만 나에게 사랑이란 얼마나 조심스러운 감정인지 미리 알려 주고 떠난 첫 연습 같았다. 끝내 말이 되지 못했지만 그마음 덕분에 나는 한 번쯤 진심을 함부로 꺼내지 않는 사람이 되었다.

그리고 그건,

생각보다 나쁘지 않은 어른의 출발이었다.

붙이지 못한 무언가

말하지 않은 마음은
사라질 줄 알았다

입 밖으로 꺼내지 않았으니까
아무 일도 아니게 될 줄 알았다

그런데 마음은
말보다 오래 남아
괜히 웃다가 멈추고
아무 이유 없이
하루가 길어졌다

누군가 묻지도 않았고
설명할 말도 없어서

나는 이 감정에

이름을 붙이지 않았다

아직 몰라서가 아니라

부르는 순간

변해 버릴까 봐

그래서 그냥

이대로 두었다

아무도 모르게

조금 남아 있는 것

#8

어느 날부터인지 나는 내가 어떤 상태인지 설명하지 않게 되었다. 기쁘지도, 슬프지도 않다고 말하면 가장 비슷했지만 그 말은 늘 너무 빨리 끝났다. 설명은 항상 내 마음보다 먼저 지쳐 버렸다. 친구들과 웃고 돌아온 밤에도 괜히 휴대폰을 한 번 더 뒤집어 보게 되었고, 아무 일 없었던 하루를 다시 떠올리며 왜인지 모르게 숨을 고르게 쉬었다. 이유를 붙이기엔 애매했고, 그렇다고 그냥 지나치기엔 마음이 조금 남아 있었다.

누군가를 떠올렸는지도 모르겠다. 혹은 나 자신이 조금 달라졌다는 걸 알아차린 순간이었는지도. 확실한 건, 이 감정은 아직 이름을 가질 만큼 단단하지 않았다는 거다. 그래서 나는 굳이 정의하지 않았다. 사전에서 단어를 찾듯 마음에 딱 맞는 말을 꺼내 오지도 않았다. 이름을 붙이는 순간 이 감정이 설명이 되어 버릴까 봐, 그러면 더는 나만의 것이 아닐까 봐. 아직은 그냥 어디에도 속하지 않은 채로 내 안에 남아 있어도 괜찮다고 생각했다. 지나가는 감정일 수도 있고, 앞으로 계속 함께할 마음일 수도 있으니까.

지금의 나는 모르는 감정을 모른 채로 두는 법을 조금 배웠다.

말이 되지 않는 마음도 마음일 수 있다는 걸, 굳이 증명하지 않아도 이미 충분하다는 걸.

그래서 오늘도

나는 이 마음에 이름을 붙이지 않는다.

아직은 부르지 않아도

사라지지 않는다는 걸

처음으로 알게 되었으니까.

잡을 줄 몰라서 놓쳐 버린 것들

기회는
노크하지 않았다

지나가면서
한 번
어깨만 스쳤다

나는
잡을까 말까 하다
인사를 먼저 했다

뒤돌아보니
손에 남은 건
없었네

서툶은

용기가 없었던 게 아니라

순간을 믿지 못한

습관이었다

#9

서툶은 흔히 용기의 부족으로 오해된다.

하지만 돌이켜 보면, 그때의 나는 겁이 많았다기보다 확신이 없었다. 무엇을 원하지 않는 건 아니었고, 원하는 게 너무 작지도 않았다. 다만 그 순간이 정말 나를 향한 것인지, 그 손을 잡아도 괜찮은지, 한 번 더 생각하는 사이에 시간은 이미 다른 방향으로 가 있었다.

십 대의 선택 앞에는 늘 질문이 많았다.

지금이 맞을까, 좀 더 나중이 낫지 않을까, 혹시 실수는 아닐까. 그 질문들은 나를 조심스럽게 만들었고, 그 조심스러움은 종종 기회를 지나치게 했다. 나는 늘 예의를 먼저 챙겼고, 마음보다 태도를 앞세웠다. 손을 내밀기보다는 고개를 숙였고, 붙잡기보다는 인사를 골랐다.

그땐 몰랐다.

기회가 반드시 멈춰 서서 기다려 주지는 않는다는 걸. 준비가 끝난 사람에게만 말을 거는 것도 아니라는 걸. 어떤 것들은 단 한 번 스치고, 아무 말 없이 지나가며, 붙잡지 않으면 그걸로 끝이라는 걸.

서툶은 그래서 조용하다.

후회처럼 크게 울지도 않고, 실패처럼 눈에 띄지도 않는다. 다만 시간이 한참 지난 뒤에야, 왜 그때 손에 아무것도 남아 있지 않았는지를 천천히 알려 준다. 놓친 이유가 무능이 아니라 망설임이었다는 사실을, 뒤늦게 이해하게 만든다.

나는 한동안 그 서툶을 성격이라고 불렀다.

원래 그렇다고, 신중한 편이라고, 쉽게 결정하지 않는 게 나의 방식이라고. 그 말들은 틀리지 않았지만, 전부는 아니었다. 사실 나는 순간을 믿는 법을 배우지 못한 사람이었다. 지금의 감정이 내일도 유효할지, 이 선택이 나를 어디로 데려갈지 알 수 없어서, 한 발을 내딛기보다 그 자리에 서 있는 쪽을 택했다.

어른이 된 지금에서야 안다.

그때의 나는 이미 최선을 다하고 있었다는 걸. 서툰 방식으로라도 나를 지키고 있었고, 함부로 무언가를 붙잡지 않으려 애쓰고 있었다는 걸. 그래서 놓친 것들이 아프게 느껴지는 동시에, 완전히 부끄럽지는 않은 이유도 거기에 있다.

서툶은 성장의 반대말이 아니다.

오히려 성장의 전 단계에 가깝다. 무엇을 잡아야 할지 몰라서, 무엇을 놓치고 나서야 비로소 알게 되는 과정. 그 과정을 겪지 않은 사람은, 단호해질 수는 있어도 깊어지기는 어렵다.

지금도 나는 가끔 망설인다.

하지만 예전과 다른 점이 있다면, 이제는 그 망설임이 너무 길어질 때 스스로에게 묻는다는 것이다. 이건 조심함일까, 아니면 믿지 못함일까. 그 질문 하나가, 예전의 나와 지금의 나를 가르는 선이 되었다.

잡지 못해서 놓쳐 버린 것들은 돌아오지 않는다.

하지만 그 서툶 덕분에, 나는 다음에 스치는 순간을 알아보는 사람이 되었다. 완벽하게 잡지는 못해도, 인사 대신 손을 내밀 줄은 아는 사람이 되었다.

그리고 아마, 그 정도면 충분히 잘 자라고 있는 중일 것이다.

 무음의 마음

아무 말도 하지 않아도 괜찮은 날

어제까지는
무슨 말이든
해야 할 것 같았고

오늘은
하지 않은 말들이
더 많았다

설명하지 않아도
알아줄 것 같지 않아서가 아니라
이제는
괜찮아졌기 때문이다

울지 않아도

참은 건 아니었고

웃지 않아도

외롭지 않았다

그렇게 긴 시간들을

아무 말도 하지 않고

울려도 모르는 무음처럼

지나온 것 같다… 지금과 같이

#10

무음은 결핍이 아니라 여백에 가깝다.

소리가 없는 대신 공간이 생긴다. 생각이 지나가고, 감정이 머물다 가고, 굳이 이름 붙이지 않아도 되는 감각들이 그 안에 놓인다. 우리는 늘 말로 하루를 채우려 했지만, 사실 하루는 비워질 때 더 선명해진다. 아무 말도 하지 않은 채 흘려보낸 시간 속에서, 비로소 들리는 것들이 있다.

말을 하지 않아도 되는 날은 생각보다 늦게 온다.

어릴 때의 침묵은 늘 오해의 여지가 있었고, 젊은 날의 침묵은 종종 패배처럼 여겨졌다. 아무 말도 하지 않는다는 건 설명을 포기한 것 같았고, 감정을 숨긴 것 같았고, 누군가에게 밀려난 결과처럼 느껴졌다. 그래서 우리는 말을 고르고 또 고르며, 필요 이상으로 자신을 증명하려 애썼다. 괜찮지 않아도 괜찮다고 말했고, 설명하지 않아도 될 마음까지 문장으로 만들어 내놓았다.

어제까지의 나는 그랬다.

무슨 말이든 해야 할 것 같았다. 말하지 않으면 오해받을 것 같았고, 침묵은 곧 무능이나 무관심으로 번역될까 봐 두려웠다. 마음이 복잡할수록 문장은 길어졌고, 설명은 점점 나를 대신해 앞서 나갔다. 말은 많아졌지만 정작 나 자신은 그 안에 들어 있지 않았다.

그런데 어느 날, 말하지 않은 문장들이 나를 더 정확하게 지켜 주고 있다는 걸 알게 됐다.

설명하지 않아서 편해진 것이 아니라, 설명하지 않아도 괜찮아진 상태에 가까웠다. 누군가 알아주지 않아도 견딜 수 있었고, 이해받지 못해도 나 자신에게서 밀려나지 않았다. 침묵은 더 이상 도망이 아니었고, 방어도 아니었다. 그냥 내가 선택할 수 있는 하나의 방식이 되었다.

울지 않아도 참은 건 아니었다.

그저 눈물이 지나갈 자리를 이미 여러 번 내주었고, 이제는 그 감정이 굳이 소리로 나오지 않아도 된다는 걸 알게 되었을 뿐이다. 웃지 않아도 외롭지 않았다. 외로움은 웃음의 유무로 판별되는 감정이 아니라는 걸, 충분히 외로워 본 뒤에야 배웠다.

나는 긴 시간들을 무음으로 지나왔다.

누군가의 귀에는 울렸을지도 모르지만, 대부분은 알아채지 못했을 것이다. 설명하지 않은 마음, 말하지 않은 선택,

굳이 꺼내지 않은 이야기들이 쌓여서 지금의 나를 만들었다. 그 시간들은 드러나지 않았지만 사라지지도 않았다. 오히려 소리 있는 시간들보다 더 정확하게 나를 통과해 왔다.

무음이라는 건 아무것도 없다는 뜻이 아니다.

그 안에는 지나간 말들이 있고, 삼켜진 감정들이 있고, 이제는 굳이 꺼내지 않아도 되는 확신들이 있다. 말하지 않아도 무너지지 않는 상태, 설명 없이도 나를 잃지 않는 상태. 그것은 체념이 아니라 도달이다.

가끔은 다시 말하고 싶어질 때도 있다.

아직 설명이 필요한 마음들이 찾아오고, 누군가에게는 여전히 소리가 필요하다는 걸 알기 때문이다. 하지만 예전처럼 조급하지는 않다. 말해야만 존재할 수 있다는 믿음에서 조금은 벗어났기 때문이다.

아무 말도 하지 않아도 괜찮은 날은, 아무 말도 할 수 없는 날보다 훨씬 단단하다. 그 침묵은 비어 있지 않고, 무너지지 않으며, 조용히 나를 지탱한다. 세상은 여전히 시끄럽고, 설명을 요구하지만, 나는 그 소음 속에서 내 무음을 알아본다.

그리고 이제는 안다.

말하지 않아도 나는 사라지지 않는다는 걸.

무음 속에서도, 나는 분명히 여기 있다는 걸. *무음의 마음*

○ 나의 이야기_무음 01. 열여섯의 공백

열여섯은 조용한 나이였다. 말수가 적어서라기보다, 마음을 설명할 언어를 아직 갖지 못한 시기였기 때문이다. 하루는 늘 같은 방식으로 시작되었고, 나는 그 반복 속에서 별다른 질문 없이 학교로 향했다. 교복을 입고 집을 나서면, 이미 세상은 나보다 한 발 앞서 움직이고 있었다.

학교에 도착하면 교실은 늘 분주했다. 웃음소리와 의자 끄는 소리, 종이 넘겨지는 소리가 겹쳐졌지만, 그 안에서 나는 종종 나만 다른 속도로 숨 쉬고 있다는 느낌을 받았다. 칠판을 바라보고 있으면 글씨는 분명히 보였는데, 그 문장들이 마음까지 내려오는 데에는 시간이 걸렸다. 이해하지 못해서라기보다, 무엇을 이해해야 하는지조차 알 수 없었던 탓이었다.

공부는 점점 부담이 되었다. 열심히 하면 괜찮아질 거라는 말은 많이 들었지만, 그 말이 어디까지 나를 데려다줄 수 있는지는 아무도 말해 주지 않았다. 나는 문제를 풀면서도 자주 멈췄고, 멈춘 이유를 설명하지 못한 채 다시 연필을 움직였다. 잘하고 싶은 마음과 잘하고 있는지 모르겠다는 불안이 늘 함께 있었다.

친구들과의 관계도 마찬가지였다. 함께 웃고 이야기하면서도, 집으로 돌아오면 괜히 마음이 가라앉았다. 누군가의 말 한마디가 늦게 와서 마음에 남았고, 그 말이 왜 서운했는지를 스스로에게조차 설명하지 못했다. 그래서 나는 서운하다는 말을 삼켰고, 괜찮다는 표정을 연습했다. 그 연습은 생각보다 빨리 익숙해졌다.

밤이 되면 책상 앞에 앉아 있다가 오디오를 켜곤 했다. 무슨 이야기를 하는지 정확히 이해하지 못해도 괜찮았다. 낮은 목소리가 흐르고 있으면, 누군가가 이 시간에도 나와 비슷한 하루를 살고 있다는 느낌이 들었다. 그 사실 하나만으로 마음이 조금 가벼워졌다. 마치 아무 말도 하지 않아도 곁에 있어 주는 사람이 있는 것처럼.

열여섯의 불안은 크지 않았다. 대신 조용했고, 오래 남았다. 오늘의 불안은 내일로 이어졌고, 그다음 날에도 형태만 바꾼 채 다시 나타났다. 나는 그 감정들을 해결하려 하지 않았다. 해결하는 방법을 몰랐기 때문이다. 그저 지나가기를 기다렸고, 지나가지 않으면 함께 견뎠다.

그 시절의 나는 자주 침묵을 선택했다. 말하지 않으면 틀리지 않을 수 있을 것 같았고, 말하지 않으면 더 아프지 않을 것 같았다. 하지만 침묵은 마음을 멈추게 하지는 못했다. 말이 되지 못한 감정들은 안에서 계속 움직였고, 그 움직임은 아주 작은 진동처럼 하루하루를 건너갔다.

지금 생각해 보면, 열여섯은 아무 일도 일어나지 않은 시간이 아니었다. 다만 그 일들을 이름 붙이지 못했을 뿐이다. 설명할 수 없었던 감정들, 표현하지 못했던 마음들이 그 나이를 조용히 채우고 있었다. 그때의 공백은 비어 있던 것이 아니라, 아직 말이 되지 않은 마음으로 가득 차 있었다.

열여섯의 나는 몰랐다. 그 조용한 시간들이 나를 약하게 만드는 것이 아니라, 이후의 나를 버티게 할 힘이 되고 있다는 것을. 소리 내지 못한 마음들이 언젠가는 언어가 될 거라는 것도. 다만 그때의 나는, 그저 하루를 넘기는 법을 배우고 있었을 뿐이다. 그것이 내가 처음 만난, 무음의 마음이었다.

나는 교실 안에 있었지만, 늘 문 근처에 서 있는 기분으로 시간을 보냈다. 누군가 나를 밀어낸 적은 없었는데, 들어가도 되는지 묻는 법을 알지 못했다. 자리에 앉아 있으면 안쪽의 소음이 들려왔고, 그 소음은 늘 나와는 조금 다른 방향을 보고 있었다. 열여섯의 나는 어디에도 속하지 못했다. 친구가 없었던 건 아니지만, 마음을 내려놓을 자리는 없었다. 함께 웃고는 있었지만, 웃음이 끝난 뒤 남는 감정은 늘 공허에 가까웠다. 그 공허를 들키지 않기 위해 나는 더 얌전해졌고, 더 조심스러워졌다. 교실은 하루에도 몇 번씩 분위기가 바뀌었다. 시험이 가까워질 때의 긴장, 누군가가 좋아하는 사람 이야기를 꺼낼 때의 설렘, 갑작스러운 웃음과 소란. 그 모든 변화가 빠르게 지나갔고, 나는 늘 뒤에서 그 장면들을 바라보고 있었다. 참여하지 못한 것이 아니라, 언제 끼어들어야 할지 알 수 없었다.

쉬는 시간은 가장 긴 시간이자 가장 짧은 시간이었다. 모두가 무언가를 하고 있을 때, 나는 괜히 책을 넘기거나 창밖을 바라보았다. 특별한 생각이 있어서라기보다, 시선을 둘 곳이 필요했다. 가만히 앉아 있는 내가 너무 드러나 보일까 봐, 나 스스로를 숨기고 싶었다.

외로움은 그 시절 내게 분명한 이름을 갖지 않았다. 누군가에게 상처받았다고 말할 수도 없었고, 혼자라고 단정 짓기도 애매했다. 그래서 그 감정은 늘 애매한 모양으로 남아 있었다. 분명 불편했지만, 설명하기에는 부족한 마음.

집으로 돌아오면 하루를 곱씹었다. 말하지 않은 장면들, 웃지 못한 순간들, 지나간 대화 속에서 내가 빠져 있던 부분들. 그 조각들이 머릿속에 남아 쉽게 잠들지 못하게 했다. 열여섯의 나는 그렇게 하루를 다시 살았다. 나는 자주 스스로에게 묻곤 했다. 내가 조금만 더 밝았더라면, 조금만 더 먼저 다가갔더라면 이 자리가 덜 어색해졌을까. 하지만 그 질문들은 늘 미완으로 남았다. 답을 찾기에는, 그 나이의 나는 너무 조심스러웠다.

어른들은 학교가 인생의 전부는 아니라고 말했지만, 그때의 나는 그 말이 잘 이해되지 않았다.

하루의 대부분을 보내는 공간에서 느끼는 감정이 전부가 아니라고 말하기엔, 열여섯의 하루는 너무 길었고, 마음은 쉽게 돌아갈 수 없었다. 그래서 나는 조용해지는 쪽을 택했다. 말하지 않으면, 적어도 더 멀어지지는 않을 것 같았다. 그렇게 나는 교실 안에서 한 발짝 물러난 채로, 나를 지키는 방법을 익혀갔다. 지금 생각해 보면, 그 시절의 나는 혼자가 아니었다. 다만 혼자 있는 방식이 조금 일찍 익숙해졌을 뿐이다. 그 외로움은 나를 무너뜨리기보다는, 사람을 바라보는 눈을 천천히 만들었다.

말하지 않는 마음을 눈치채는 사람으로, 쉽게 지나치지 않는 사람으로. 열여섯의 나는 여전히 교실 밖에 서 있었지만, 그 자리에서 처음으로 내 마음의 위치를 알아차리고 있었다. 그건 비어 있음이 아니라, 아직 들어갈 말을 찾지 못한 하나의 대기 상태였을지도 모른다.

　　　　　　　　　　　　　　　　　무음의 마음

2

감정이 침묵을 배우는 시기

20대의 무음
– 흔들림과 과부하의 날들

아직 이름이 없는 길

나는 어딘가로 떠날 때
언제나 늦게 도착했다
마음이 아직 출발선에 남아 있었기 때문에

표를 끊을 때마다
어디로 가는지는 중요하지 않았다
중요한 건
몸이 지금 이곳에 머물 수 없다는 사실뿐이었다

창밖은 빠르게 바뀌는데
내 안의 속삭임들은
속도를 따라오지 못했다

괜찮다는 생각과

아직이라는 생각 사이에서
마음은 늘 흔들렸고
그 흔들림이 나를 앞으로 밀었다

지도에는 목적지가 있었지만
나에게는 없었다
그래서 더 긴장했고
그래서 더 조용해졌다

나의 여행은 늘
도착보다 이동이 많았고
확신보다 망설임이 많았다
하지만
그 무음 속에서
나는 처음으로 알았다

흔들리는 상태로도
삶은 진행된다는 것
준비되지 않은 채로도

길 위에 설 수 있다는 것

나의 여행은 늘
완성되지 않은 마음을
그대로 데리고 가는 일이었고

말 대신 걸음으로
나를 설명하고 있었다
아직 도착하지 않았지만
멈추지도 않았다는 사실이
이 여행의 전부였다

#1

여행이 일상이 되듯 참 많이 떠났고, 그 이유를 묻는 질문에는 늘 대답을 피했다. 여행을 좋아해서라고 말하기엔 그 이동들이 조금 불안했고, 도망이라고 부르기엔 너무 일상적이었다. 사실은 그 사이 어딘가였다. 머물러도 불안했고, 떠나도 안심되지 않는 상태. 그 균형이 무너질 때마다 나는 가방을 먼저 챙겼다.

여행은 늘 조용히 시작됐다. 누구에게도 크게 알리지 않았고, 특별한 계획도 세우지 않았다. 떠난다는 사실보다 중요한 건, 지금의 자리를 잠시 내려놓을 수 있다는 감각이었다. 익숙한 이름, 반복되는 표정, 설명해야 하는 관계들에서 잠깐 벗어나면 마음이 아주 미세하게 가벼워졌다. 그 가벼움이 내가 얻고 싶었던 전부였다.

길 위에 있을 때 나는 말수가 줄었다. 낯선 곳에서는 굳이 나를 증명할 필요가 없었고, 그 덕분에 침묵이 자연스러워졌다. 누구도 나에게 방향을 묻지 않았고, 잘 가고 있는지 확인하지도 않았다. 그 무관심 속에서 나는 이상하게 안정되었다. 설명되지 않아도 되는 상태, 평가되지 않는 하루가 이렇게 편안할 수 있다는 걸 그때 처음 알았다.

20대의 여행은 설렘보다는 긴장에 가까웠다. 어디로 가는지보다 어디까지 혼자 감당할 수 있는지를 계속 시험하는 시간이었다. 잘 해내고 싶은 마음과 잘못 선택할까 봐 두려운 마음이 동시에 존재했고, 그 둘 사이에서 나는 자주 멈춰 섰다. 하지만 멈춰 선 자리에서도 시간은 흘렀고, 나는 그 흐름에 밀려 다시 움직였다. 준비되지 않았다는 생각은 늘 따라왔지만, 그렇다고 돌아갈 이유도 찾지 못했다.

여행을 하며 가장 많이 배운 건, 결정은 언제나 완벽하지 않다는 사실이었다. 충분히 고민해도 흔들렸고, 즉흥적으로 택한 길에서도 후회는 생겼다. 하지만 그 모든 선택에는 공통점이 있었다. 아무도 대신 책임져 주지 않는다는 것. 그래서 나는 점점 더 조용해졌고, 그 조용함 속에서 나만의 기준을 만들기 시작했다.

이 시기의 여행은 목적지를 남기지 않았다. 대신 상태를 남겼다. 불안하지만 멈추지 않는 마음, 확신은 없지만 계속 이어지는 하루들. 나는 그 상태를 나중에서야 이해했다. 그것이 바로 나의 20대였다는 걸. 완성되지 않았고, 설명되지 않았지만, 분명히 살아 움직이던 시간이었다는 걸.

지금 돌아보면, 그 여행들은 어디에도 도착하지 않았다. 하지만 중요한 건, 그 시간 동안 내가 완전히 멈춘 적은 없었다는 사실이다. 말이 없던 시절에도 마음은 계속 움직이고 있었고, 그 무음 속에서 나는 나를 조금씩 단련하고 있었다.

그래서 나는 여전히 여행을 떠난다. 예전처럼 자주, 멀리 가지는 않지만, 마음이 시끄러워질 때면 조용히 자리를 옮긴다. 그때 배운 그 방식대로. 아무것도 해결하지 않은 채로 떠나도 괜찮다는 것, 흔들리는 상태로도 삶은 계속된다는 것을 나는 이미 알고 있으니까.

무음의 마음이라는 말은, 아마 그때의 나에게서 시작되었을 것이다. 말하지 않아도 무너지지 않았던 시간들, 소리 없이 지나왔지만 분명히 남아 있는 마음의 이동들. 그 여행들은 지금도 내 안에서 끝나지 않은 채로 이어지고 있다. 여행을 하며 늘 글을 썼으니까.

세상은 준비를 묻지 않았다

세상은
환영부터 건네지 않았다

나는 이름보다
자리를 먼저 배웠고

질문보다
고개를 끄덕이는 법이 빨랐다

아무 일도 없다는 얼굴로
하루를 통과했지만
마음은 계속
긴장을 풀지 못했다

처음이라는 말은

보호가 되지 않았고

미숙함은

기다려 주지 않았다

환영받기 위해

누구보다 노력했던 날들

그 선택이

어른에 가장 가까운 연습이었다

#2

어느 순간부터 나는 '시작했다'는 말보다 '이미 한가운데에 서 있었다'는 표현이 더 정확하다는 생각을 하게 되었다. 준비라는 단어는 뒤늦게 떠올랐고, 나는 늘 진행 중인 장면에 뒤늦게 입장한 사람처럼 주변을 살폈다. 질문을 던질 타이밍은 지나 있었고, 설명을 요구하기에는 모두 너무 바빠 보였다. 그래서 나는 말없이 따라가는 법부터 배웠다.

처음 겪는 일들은 늘 빠르게 지나갔다. 판단해야 할 순간은 예고 없이 왔고, 선택의 결과는 생각보다 오래 남았다. 무엇이 옳은지보다 무엇이 당장 필요한지가 먼저였다. 그 과정에서 나는 자주 조용해졌다. 확신이 없어서라기보다는, 확신을 가질 시간조차 허락되지 않았기 때문이다. 말하지 않는 쪽을 선택하는 일이 점점 자연스러워졌다.

그 시절의 나는 흔들리고 있다는 사실보다, 흔들림을 들키지 않으려 애쓰고 있다는 사실에 더 많은 에너지를 썼다. 잘하고 있는지 묻기보다, 최소한 멈추지 않고 있는지를 확인했다. 나를 설명하는 말은 줄어들었고, 대신 하루를 무사히 통과했다는 사실만이 남았다. 그것이면 충분하다고 스스로를 설득하면서도, 마음 한편에서는 계속해서 긴장이 풀리지 않았다.

세상은 생각보다 단단했고, 동시에 쉽게 균열을 냈다. 내가 가진 기준은 자주 수정되었고, 믿고 있던 감각은 몇 번이나 방향을 바꿨다. 하지만 이상하게도 그 과정에서 완전히 무너지지는 않았다. 긴장 속에서도 몸은 계속 앞으로 움직였고, 마음은 조용히 균형을 찾으려 애썼다. 소리를 내지 않아도 유지되는 감정들이 있다는 것을 그때 처음 알았다.

지금 돌아보면, 그 시절의 나는 용감했다기보다는 침착했다. 도망치지 않았고, 과장하지 않았으며, 스스로를 지나치게 앞세우지도 않았다. 다만 주어진 흐름 안에서 나를 잃지 않으려 애썼다. 아무 말도 하지 않은 채로, 나만의 속도로 세상을 읽어 내려갔다.

아마도 그때의 나는 '준비되지 않은 상태'였을 것이다. 하지만 동시에, 그 상태로도 살아 낼 수 있다는 사실을 몸으로 배우고 있었다. 세상이 준비를 묻지 않았던 대신, 나는 나에게 조용히 물었다. 지금 여기서, 나는 나로 남아 있는가. 그 질문에 크게 대답하지는 못했지만, 적어도 고개를 끄덕일 수는 있었다.

그렇게 20대의 나는 소리 없는 긴장 속에서 조금씩 자리를 잡아 갔다. 무음의 상태로, 그러나 분명히 살아 있는 마음으로. 그리고 그 경험은 지금도 여전히 나를 지탱하는 낮은 중심이 되어 남아 있다.

아직 흔들리지만 멈추지는 않았다

아침이 오면
괜히 창문부터 열어 보던 날들이 있었지
괜찮아질까 봐서가 아니라
그냥, 오늘을 시작해야 했으니까

여전히 마음은
어제에 조금 걸려 있었고
몸은 아직
완전히 나를 따라오지 못했지만

그래도 나는
어제보단 천천히
어제보단 덜 아프게
하루를 건너고 있었어

잘 버텼다는 말 대신
오늘도 왔다는 사실 하나로
스스로를 지나치게 칭찬하지 않으며

흔들릴 때마다
멈추지 않기로 했지
쓰러지지 않는 쪽이 아니라
계속 서 있는 쪽을 택하면서

괜찮아진 건 아니야
다만 숨이 깊어졌고
눈을 감아도
조금은 편안해졌을 뿐

회복이란
다 나았다는 고백이 아니라
여기까지 왔다는
조용한 확인 같은 거라서

오늘의 나는

아직 흔들리고 있지만

이상하게도

멈출 생각은 들지 않는다

아마 이 정도면

충분히

잘 가고 있는 거겠지

#3

회복이라는 단어를 믿지 않던 시절이 있었다. 그 말은 늘 다 끝난 뒤에야 붙일 수 있는 이름처럼 느껴졌고, 지금의 나는 아직 그 어디에도 도착하지 못한 상태라고 생각했다. 흔들리고 있다는 사실만 분명했고, 그래서 스스로를 회복 중이라고 부르기에는 자격이 없는 사람처럼 느껴졌다.

어느 평일 저녁, 지하철 막차 시간에 가까운 플랫폼에 서 있던 날이 있었다. 이어폰에서는 음악이 흘렀지만 가사는 잘 들리지 않았고, 사람들은 모두 같은 방향을 보고 서 있었다. 그날 하루도 특별히 잘한 일은 없었다. 계획했던 일은 반쯤 남겨 둔 채였고, 괜히 미뤄 둔 연락 하나가 마음에 걸렸다. 예전 같았으면 그 시간은 자책으로 가득 찼을 것이다. 왜 이것밖에 못했는지, 왜 아직도 이 자리에 서 있는지 스스로에게 묻고 또 물었을 것이다.

그런데 그날은 조금 달랐다. 전동차가 들어오기 전의 짧은 정적 속에서, 나는 그냥 서 있었다. 무언가를 결론 내리려 하지도 않았고, 내일을 다짐하지도 않았다. 오늘이 이렇게 끝났다는 사실을 억지로 바꾸려 들지 않았다. 플랫폼의

차가운 공기와 가끔 울리는 안내 방송을 들으며, 이 시간이 이상하게 버겁지 않다는 것을 느꼈다.

집에 돌아와 불을 켜지 않고 잠시 앉아 있었던 기억도 난다. 휴대폰 화면만이 방을 밝히고 있었고, 해야 할 일 목록은 여전히 남아 있었다. 하지만 그날의 나는, 모든 일을 잘 해내야만 하루를 인정받을 수 있다는 생각을 잠시 내려놓았다. 아무것도 해결되지 않았는데도, 이상하게 숨이 조금 깊어졌다.

그때 처음 알았다. 회복은 상태가 아니라 태도일지도 모른다는 것을. 잘 해낸 날의 결과가 아니라, 잘 되지 않은 날을 대하는 방식에서 시작된다는 것을. 아직 흔들리고 있다는 사실을 부정하지 않으면서도, 그 흔들림 때문에 자신을 몰아세우지 않는 순간들이 있다는 것을.

20대의 삶은 자주 이런 장면들로 이루어져 있다. 누군가는 앞서 가는 것처럼 보이고, 나만 제자리인 것 같아 불안해지는 밤들. 하지만 그 속에서도 우리는 매일 같은 시간에 집으로 돌아오고, 다시 아침을 맞이한다. 몸은 생각보다 성실하게 하루를 이어 가고, 마음은 그 속도를 따라가느라 조금 늦을 뿐이다.

예전에는 흔들리는 자신을 실패라고 불렀다. 지금은 안다. 흔들리면서도 하루를 살아 냈다는 사실 자체가, 이미 멈추지 않았다는 증거라는 것을. 회복은 눈에 띄게 나아지는 일이 아니라, 더 이상 자신을 포기하지 않는 방향으로 조금씩 움직이는 일이다.

아직 완전히 괜찮아지지는 않았다. 불안은 여전히 남아 있고, 확신은 쉽게 생기지 않는다. 하지만 어느 날의 플랫폼처럼, 아무것도 해결되지 않은 상태에서도 서 있을 수 있는 마음이 생겼다면, 그것으로 충분하다.

아직 흔들리지만 멈추지는 않았다.

그 문장은 미래를 향한 약속이 아니라, 지금까지 걸어온 시간을 조용히 인정하는 말이다.

그리고 아마, 그때의 내가 지금 이 문장 한가운데에 서 있다.

 무음의 마음

내가 먼저 깊어진 마음

처음엔
같은 계절이었다

너는 봄처럼 웃었고
나는
그걸 여름으로 받아 적었다

손이 스칠 때
너는 따뜻하다고 했고
나는
이미 뜨거웠다

말의 온도는
늘 비슷했는데

마음의 끓는점은
자꾸 달랐다

나는
조금 더 오래 생각했고
조금 더 자주 기다렸고
조금 더 깊이
잠기듯 좋아했다

사랑은
커지는 게 아니라
한쪽에서
먼저 깊어지는 일이었다

너는
발목까지만 들어왔고
나는
이미 숨을 고르고 있었다

그래도

차갑다 말하지 않았고

뜨겁다 말하지도 않았다

다만

네가 돌아설 때마다

내 쪽의 온도가

조용히 남았다

식지 않는 건

미련이 아니라

한 번 깊어진 마음의

습관이었다

#4

어느 순간부터 나는 관계를 감정으로 판단하지 않게 되었다. 좋고 싫음의 문제가 아니라, 그 관계 안에서 내가 얼마나 자주 나 자신을 조절하고 있는지를 기준으로 삼게 되었다. 상대의 말에 맞춰 감정을 낮추거나, 기대를 줄이거나, 너무 앞서 나가지 않도록 스스로를 자주 붙잡아야 한다면, 그 관계의 온도는 이미 한쪽으로 기울어 있다는 사실을 그때의 나는 조금 늦게 알아차렸다.

20대의 사랑은 늘 조율의 연속이었다. 마음이 커지는 속도를 숨기는 법, 너무 많이 느끼는 쪽이 되지 않기 위해 감정을 나눠 쓰는 법, 좋아한다는 마음을 그대로 두지 않고 한 번 더 걸러 말하는 법을 우리는 자연스럽게 익혀 갔다. 그 과정에서 사랑은 점점 자연스러운 감정이라기보다 관리해야 할 상태에 가까워졌다.

나는 종종 상대보다 먼저 생각을 끝내는 사람이었다. 다음에 올 대화, 생길 수 있는 오해, 혹은 이 관계가 도착할 지점을 미리 떠올렸다. 그것은 불안 때문이라기보다는, 마음이 이미 그 지점까지 가 있었기 때문이다. 하지만 그런 예측들은 관계를 앞서 가게 하기보다는 오히려 제자리에서 맴돌게 만들었다. 혼자서 여러 번 도착해 본 결론은, 상대가 함께 도착하지 않는 한 아무 의미가 없었다.

그때의 나는 감정이 많은 사람이었다기보다, 감정을 오래 품는 사람이었다. 쉽게 식지 않았고, 한 번 생긴 마음을 급하게 처리하지 못했다. 그래서 관계가 조금 느슨해질 때마다 스스로를 점검했다. 너무 많이 바라보고 있지는 않은지, 이 감정이 상대에게 부담이 되지는 않는지, 혹은 나 자신에게 불필요한 무게를 얹고 있는 건 아닌지. 그런 생각들은 나를 성숙하게 만들기보다는, 오히려 자주 나 자신을 뒤로 물러서게 했다.

돌이켜 보면 그 사랑은 뜨겁지도 차갑지도 않았다. 다만 나는 계속해서 온도를 의식하고 있었고, 상대는 그럴 필요가 없었던 것뿐이다. 온도를 재는 사람과 그렇지 않은 사람 사이에는 자연스럽게 간극이 생긴다. 그 간극은 다툼으로 드러나지 않기 때문에 더 오래 유지되지만, 결국에는 관계의 방향을 조용히 바꿔 놓는다.

20대의 나는 그 차이를 견디는 법을 배우고 있었다. 사랑이 반드시 균형 잡힌 감정일 필요는 없지만, 적어도 한쪽만 계속해서 조정하고 있다면 그 관계는 언젠가 숨이 막힌다는 사실을 말이다. 그 깨달음은 이별보다도 더 늦게 찾아왔고, 관계가 끝난 뒤에도 한동안 나를 붙잡았다.

지금 생각해 보면, 먼저 깊어진 마음은 상대를 향한 감정보다 나 자신에 대한 이해에 가까웠다. 나는 어떤 사람인지, 어떤 속도로 사랑하는지, 그리고 그 속도를 무시한 채 관계를 이어 가면 결국 스스로를 소진하게 된다는 사실을 그때 처음 알게 되었다. 그 경험은 아픔으로 남기보다는 기준으로 남았다.

그래서 이제는 안다. 사랑의 온도는 맞추는 것이 아니라, 자연스럽게 같은 곳에 머무는 사람을 만나는 일이라는 것을. 누군가에게 맞추기 위해 감정을 낮추거나 높이지 않아도 되는 관계가 있다는 사실을. 그리고 그 사실을 알게 된 것만으로도, 그때의 사랑은 충분히 제 역할을 다했다는 것을.

사랑이 소리가 되지 않던 밤

우리는
말을 하지 않아도
괜찮았던 밤에
자주 머물렀다

불은 낮게 켜져 있었고
시간은
서두르지 않았다

네 숨이 일정해질 때까지
나는
아무 말도 고르지 않았다

그 밤의 사랑은

고백도
약속도 아니어서
소리가 나지 않았다

하지만
조용해서
안심할 수 있었다

무음 속에서
마음은
드물게 쉬었고

나는
그 침묵을
외로움이 아니라
안식(安息)이라 불렀다

#5

스무 살을 지나며 나는 사랑이 늘 말로 증명되어야 하는 감정은 아니라는 것을 조금씩 배워 갔다. 좋아한다는 말, 함께하자는 약속, 미래를 가정하는 문장들이 오히려 부담으로 느껴지던 시기가 있었고, 그때의 나는 소리가 없는 관계 속에서 더 오래 머물 수 있었다. 그건 사랑을 피하려는 태도가 아니라, 사랑을 다루는 방식이 아직 서툴렀기 때문이다.

그 시절의 나는 하루가 끝나갈 무렵이 되면 설명해야 할 감정들로 쉽게 지쳐 버렸다. 잘 지내고 있다는 말도, 괜찮다는 대답도 모두 조금은 힘이 들어갔다. 그래서 누군가와 함께 있어도 굳이 말을 꺼내지 않아도 되는 시간이 주어질 때면, 그 침묵이 유난히 고마웠다. 무엇을 느끼고 있는지 증명하지 않아도 되는 시간, 감정을 정리하지 않아도 되는 밤은 생각보다 드물었고, 그래서 더 귀하게 느껴졌다.

불이 낮게 켜진 방 안에서 우리는 종종 말을 아꼈다. 특별히 피곤해서도, 사이가 멀어져서도 아니었다. 오히려 그 반대였다. 말이 없어도 서로의 존재가 흐트러지지 않는다는 확신이 있었고, 그 확신 덕분에 마음이 조금 내려앉았다. 상대의 숨소리가 일정해질 때까지 아무 말도 하지 않고 곁에 머무는 일은, 그때의 나에게는 가장 온전한 형태의 친밀함이었다.

20대의 사랑은 늘 불안과 함께 움직였다. 너무 말하면 가벼워질까 걱정했고, 너무 조용하면 멀어질까 두려웠다. 그래서 우리는 늘 적당한 거리를 찾고 있었고, 그 과정에서 침묵은 종종 오해의 대상이 되었다. 하지만 어떤 밤의 침묵은 오해가 아니라 선택이었고, 회피가 아니라 신뢰였다. 그 침묵 속에서는 상대를 설득할 필요도, 나를 증명할 이유도 없었다.

그때의 사랑은 고백이나 약속으로 정의되지 않았다. 미래를 말하지 않았고, 관계의 이름을 붙이지도 않았다. 대신 우리는 같은 공간에서 같은 속도로 숨 쉬는 시간을 공유했다. 말로는 설명되지 않지만, 분명히 존재하는 감정들이 있었다. 소리가 없어서 불안해지기보다는, 조용하기 때문에 오히려 안심할 수 있었던 밤들이었다.

지금 생각해 보면, 그 무음의 시간들은 사랑의 가장 솔직한 얼굴이었는지도 모른다. 기대를 덜어 낸 상태, 설명을 내려놓은 마음, 무엇이 되어야 한다는 조건 없이 그저 함께 머무는 시간. 그 안에서 나는 사랑이 반드시 열정적일 필요도, 늘 움직일 필요도 없다는 것을 처음으로 배웠다.

안식이라는 단어는 그때의 사랑과 잘 어울린다. 무언가를 더 잘 해 보려 애쓰지 않아도 되고, 다음 단계를 고민하지 않아도 되는 상태. 감정이 잠시 쉬어갈 수 있는 자리. 그 침묵 속에서 나는 외롭지 않았고, 오히려 드물게 편안했다. 누군가와 함께 있으면서도 나 자신을 잃지 않아도 되는 순간이었기 때문이다.

그때의 나는 사랑 앞에서 늘 조심스러웠고, 그 조심스러움은 종종 말이 줄어드는 방향으로 나타났다. 하지만 그 침묵은 미숙함의 증거만은 아니었다. 아직 서툰 마음을 보호하는 방식이었고, 감정을 소리로 바꾸기 전 잠시 숨을 고르는 시간이기도 했다. 모든 사랑이 노래가 될 필요는 없고, 어떤 사랑은 소리가 되지 않았기에 더 오래 마음에 남는다.

그 밤들의 침묵은 결국 지나갔지만, 그때 느꼈던 안식의 감각은 지금도 가끔 떠오른다. 말하지 않아도 괜찮았던 시간, 설명하지 않아도 충분했던 마음. 사랑이 조용히 존재할 수 있다는 사실을 처음으로 믿게 해 주었던 기억은, 시간이 흘러도 쉽게 닳지 않는다.

그래서 나는 이제 안다. 사랑이 늘 말이 되지 않아도 괜찮다는 것을. 어떤 사랑은 소리가 되지 않는 밤 속에서 가장 편안한 얼굴로 우리를 쉬게 한다는 것을. 그리고 그 무음의 순간들이, 그 시절의 나를 조용히 살게 했다는 것을.

그럼에도 함께였던 계절

우리는
같은 방향으로 걷지 않았지만
같은 온도에
잠시 머물렀다

네가 추울까 봐
속도를 늦추던 오후와
내가 말이 없어질 때
괜히 물을 건네던 밤

사랑은
길지 않았지만
손등에 남은 열처럼
쉽게 사라지지 않았다

계절이 지나간 뒤에도
그때의 체온만은
몸이 먼저 기억했다

그래서 지금도
나는
너를 부정하지 못한다

그럼에도
함께였던 계절이
분명히
따뜻했기 때문에

#6

사랑을 지나간 뒤에야 이해하는 사람이었다. 관계 안에 있을 때는 그저 하루하루를 살아 내느라 바빴고, 무엇이 남을지에 대해서는 깊이 생각하지 않았다. 함께 걷고, 함께 웃고, 때로는 서로의 속도를 가늠하던 시간들이 지나간 뒤에야, 나는 그 계절이 어떤 온도로 남아 있는지를 조용히 확인하게 되었다.

우리는 같은 방향으로 걷지 않았다. 미래에 대해 같은 그림을 그리고 있지도 않았고, 속도도 늘 같지 않았다. 너는 앞서가거나 멈추는 일이 자연스러웠고, 나는 그 사이에서 자주 걸음을 조절했다. 그렇다고 해서 그 시간이 불안하거나 불완전하게만 느껴지지는 않았다. 적어도 그 순간만큼은, 우리는 같은 온도에 머물러 있었다.

20대의 사랑은 완벽하지 않다. 오히려 대부분은 어긋나 있고, 중간에 멈추거나 다른 길로 흘러간다. 그럼에도 불구하고 어떤 관계들은 시간이 지나도 쉽게 지워지지 않는다. 그 이유는 사랑이 얼마나 깊었는지가 아니라, 함께 있을 때 얼마나 무리하지 않았는지에 더 가깝다. 서로를 앞서가게 만들지도, 지나치게 붙잡지도 않으면서 잠시 같은 속도로 숨 쉬었던 기억은 생각보다 오래 몸에 남는다.

너는 내가 말이 없어질 때 굳이 이유를 묻지 않았고, 나는 네가 추울까 봐 자연스럽게 속도를 늦추곤 했다. 그런 배려들은 특별한 사건으로 기억되지는 않지만, 시간이 흐른 뒤에는 그 관계의 온도를 설명해 주는 중요한 장면이 된다. 우리는 사랑을 증명하려 애쓰지 않았고, 대신 서로를 불편하게 만들지 않는 선에서 머물렀다.

사랑이 길지 않았다는 사실은 이제 중요하지 않다. 중요한 것은 그 시간이 나를 소모시키지 않았다는 점이다. 더 애쓰지 않아도 되었고, 더 설명하지 않아도 되었으며, 더 좋은 사람이 되려고 무리하지 않아도 괜찮았던 관계는 흔하지 않다. 그래서 그런 사랑은 끝난 뒤에도 쉽게 부정되지 않는다. 아프지 않았기 때문이 아니라, 그때의 내가 나 자신으로 존재할 수 있었기 때문이다.

계절이 지나고 나면 우리는 흔히 관계를 평가하려 든다. 잘했는지, 틀렸는지, 더 붙잡았어야 했는지, 혹은 더 빨리 놓았어야 했는지. 하지만 어떤 사랑은 평가의 대상이 아니라 기억의 형태로 남는다. 손등에 잠시 닿았다가 사라진 열처럼, 의식하지 않아도 몸이 먼저 떠올리는 감각으로 존재한다.

20대의 나는 그런 기억을 부정하려 애썼던 적도 있다. 끝났다는 이유로, 이어지지 않았다는 이유로, 그것을 의미 없는 시간으로 정리하려 했다. 하지만 나이가 조금 더 들고 나서야 알게 되었다. 이어지지 않았다고 해서 모두 실패는 아니며, 남아 있지 않다고 해서 모두 사라진 것은 아니라는 사실을. 어떤 관계는 결과가 아니라 과정으로 남는다.

그래서 지금의 나는 그 계절을 조용히 인정할 수 있다. 우리가 끝내 같은 방향으로 걷지 않았다는 사실도, 결국 각자의 길로 흩어졌다는 결말도 모두 포함해서. 그럼에도 함께였던 시간이 분명히 따뜻했다는 사실만은 부정하지 않는다. 그 온기는 나를 약하게 만들지 않았고, 오히려 관계를 바라보는 기준을 조금 더 분명하게 해 주었다.

사랑이란 결국 오래 남는 사람이 아니라, 지나간 뒤에도 나를 함부로 만들지 않는 기억인지도 모른다. 함께였던 계절이 잠시였더라도, 그 안에서 나는 무리하지 않았고, 나를 잃지 않았다면, 그 사랑은 충분히 제 역할을 다한 것이다.

그래서 나는 아직도 그 계절을 떠올릴 수 있다. 그리움

때문이 아니라, 그때의 체온이 나에게 무엇이 괜찮은 사랑
인지를 가르쳐 주었기 때문이다. 그럼에도 함께였던 시간
은, 분명히 따뜻했다.

기다림이 습관이 되었을 때

처음엔
조금 늦는 것뿐이었다

신호는 늘
곧 바뀔 것 같았고
나는
서 있는 법을 먼저 배웠다

기다림은
소리가 없어서
생각보다
오래 걸렸다

핸드폰을 내려놓고

다시 들고
아무 일도 없다는 얼굴로
시간을 정리했다

기다리지 않으려 하면
마음이 먼저
멈췄다

그래서
나는
기다리는 쪽을 택했다

답이 없는 시간에도
심장은
계속 박자를 세고
그 박자는
점점 느려졌다

어느 순간부터

기다림은
선택이 아니라
기본 설정이 되었고

나는
아무 소리도 나지 않는 곳에서
가장 오래
너를 불렀다

무음의 마음이 되었다
아무 일도 일어나지 않지만
끝내
사라지지 않는 상태

#7

지연이라는 단어를 처음부터 싫어했던 것은 아니다. 오히려 20대의 나는, 늦어지는 일들에 비교적 관대했다. 아직 젊다는 말이 언제든 만회할 수 있다는 뜻처럼 들렸고, 조금 뒤처지는 속도는 각자의 사정이라고 믿고 싶었다. 그래서 나는 늘 한 박자 늦은 상태로 살아왔다. 바로 움직이지 않아도 되는 선택들, 조금 더 지켜본 뒤 결정해도 괜찮을 것 같은 순간들 속에서.

기다림은 처음엔 능동적인 태도였다. 서두르지 않는 사람, 쉽게 단정하지 않는 사람, 감정을 함부로 던지지 않는 사람. 나는 그런 쪽에 속하고 싶었다. 그래서 무언가가 오지 않아도 재촉하지 않았고, 답이 없을 때도 먼저 결론을 내리지 않았다. 기다릴 줄 안다는 건 어른스러움이라고 믿었기 때문이다.

하지만 시간이 지나면서, 기다림은 더 이상 태도가 아니라 생활 방식이 되었다. 결정 앞에서 늘 한 번 더 멈췄고, 관계 속에서도 한 걸음 뒤에 서 있었다. 무언가가 시작되기 전의 공백, 확신이 생기기 전의 정체 상태가 익숙해졌다.

움직이지 않는 시간이 불안하지 않았고, 오히려 움직이려 하면 마음이 먼저 굳어 버렸다.

20대의 일상은 이런 지연들로 채워진다. 답장을 쓰다 말고 지우는 밤, 지원 버튼을 누르기 전의 망설임, 관계가 이름 붙여지기 전의 애매한 시간들. 아무 일도 일어나지 않는 것처럼 보이지만, 사실은 계속 마음이 소모되고 있는 상태. 겉으로는 평온하지만 안에서는 계속 시간을 재고 있는 느낌.

어느 순간부터 나는 내가 기다리는 사람인지, 아니면 기다림 그 자체가 되어 버린 사람인지 헷갈리기 시작했다. 무언가를 원한다고 말하지 않으면서도, 원하지 않는 척하지도 못하는 상태. 움직이지 않으면서도 포기하지는 않는, 가장 조용한 긴장 속에 머무는 법을 몸이 먼저 배워 버렸다.

이상한 건, 그렇게 오래 머물렀는데도 사라지지는 않았다는 점이다. 기다림 속의 나는 무력해 보였지만 완전히 무너진 적은 없었다. 아무 소리도 내지 않았지만, 마음은 계속 살아 있었다. 박자는 느려졌지만 멈추지는 않았고, 희망이라고 부르기엔 너무 미세한 감정이 은근히 유지되고 있었다.

아마 많은 20대가 이 상태를 알고 있을 것이다. 아무도 나를 막고 있지는 않지만, 스스로 출발하지도 않는 시간. 무언가를 놓친 건 분명한데, 그렇다고 끝났다고 말하기도 애매한 상태. 지연은 실패도, 선택도 아닌 채로 오래 지속된다.

이제는 안다. 기다림이 습관이 되었다는 건, 아직 마음이 완전히 닫히지 않았다는 뜻일지도 모른다. 쉽게 단정하지 못하는 대신, 쉽게 지워 버리지도 못하는 상태. 아무 일도 일어나지 않지만, 그렇다고 아무것도 아닌 것은 아닌 시간.

무음의 마음으로 오래 머물렀다는 사실은, 그만큼 쉽게 사라지지 않았다는 증거다. 지연된 삶은 늦은 삶이 아니라, 속도를 정하지 못한 삶에 가깝다. 그리고 그 망설임조차도, 지금의 나를 구성하는 중요한 일부다.

아무 일도 일어나지 않는 상태는 공백이 아니라 지속이다.

보이지 않게 이어지고 있는 시간.

그리고 아직 끝내 사라지지 않은 마음의 방식이다.

　　　　　무음의 마음

나는 적당히 사랑받았다

너는
늘 모자라지도
넘치지도 않았다

안부는 정해진 시간에 왔고
목소리는
필요한 만큼만 따뜻했다

기대하지 않으면
실망도 없다는 걸
나는
너에게서 배웠다

사랑은

큰소리를 내지 않았고
그래서
아프지 않았다

다만
기쁨도
같은 크기였다

나는
울 만큼 외롭지 않았고
떠날 만큼 서운하지도 않았다

마음은
항상 무온(無溫)으로 유지되었고
그 덕분에
고장 나지 않았다

적당하다는 말은
편안한 말 같지만

사실은
끝까지 닿지 않았다는 뜻이었다

나는
적당히 사랑받았다

그래서
지금도
사랑을 말할 때
온도를 쉬
올리지 못한다

#8

누군가를 떠올릴 때 마음이 요동치지 않는다는 건, 생각보다 큰 흔적을 남긴다. 그 사람과의 시간은 늘 안정적이었고, 예측 가능했고, 지나치게 흔들리지 않았다. 나는 그게 성숙한 관계라고 믿었다. 불필요한 감정 소모가 없고, 과장된 표현도 없으며, 하루를 망칠 만큼의 기쁨이나 슬픔이 없다는 것. 20대의 나는 그런 상태를 '잘 유지되고 있다'고 불렀다.

우리는 서로를 조심스럽게 대했다. 기대를 크게 만들지 않았고, 요구도 많지 않았다. 그래서 다툴 이유도 줄어들었고, 상처도 최소화되었다. 대신 마음이 크게 부풀 일도 없었다. 좋아한다는 감정은 있었지만, 그것이 삶의 중심으로 이동하지는 않았다. 사랑은 배경음처럼 늘 거기 있었고, 그래서 특별히 귀 기울이지 않아도 되는 것이었다.

그때의 나는 몰랐다. 감정이 고장 나지 않게 유지되는 것과, 감정이 충분히 살아 있는 것은 다른 일이라는 걸. 적당한 온도는 안전했지만, 그만큼 깊어지지 않았다. 우리는 서로를 다치게 하지 않았지만, 동시에 서로에게 완전히 기대지도 않았다. 누군가에게 전부를 맡겨 본 적이 없는 사람처럼, 나는 늘 한 발 정도는 바깥에 두고 있었다.

시간이 지나 관계가 끝난 뒤에도, 크게 아프지 않았다. 주변에서는 잘 정리된 이별이라고 말했다. 울지 않았고, 일상도 크게 흐트러지지 않았다. 하지만 이상하게도, 기쁨도 같은 방식으로 줄어들어 있었다. 이후에 만난 사람들 앞에서도, 나는 마음의 온도를 쉽게 올리지 못했다. 혹시 넘치면 고장 날까 봐, 혹시 깊어지면 회복이 어려울까 봐.

20대는 이런 감정 습관이 만들어지는 시기다. 어떤 사랑을 통과했는지가, 이후의 말투와 표정, 기대의 크기까지 바꿔 놓는다. 적당히 사랑받았던 사람은, 나중에 더 큰 사랑 앞에서도 먼저 계산하게 된다. 이 정도면 충분한지, 너무 앞서가고 있는 건 아닌지, 다시 무온으로 돌려놓아야 하는 건 아닌지.

무온의 상태는 편안하다. 감정이 급격히 흔들리지 않고, 삶이 비교적 안정적으로 유지된다. 하지만 동시에, 무엇에도 완전히 몸을 맡기지 못하는 상태이기도 하다. 나는 한동안 그걸 성격이라고 생각했다. 원래 감정 표현이 서툰 사람, 원래 크게 설레지 않는 사람이라고. 하지만 마음속 어딘가에서는 알고 있었다. 그것은 타고난 성향이 아니라, 한 번 길들여진 온도라는 걸.

사랑이 항상 뜨거울 필요는 없다. 하지만 너무 오래 무온으로 머물면, 따뜻함과 과열의 경계조차 흐려진다. 지금의 나는 여전히 온도를 천천히 올리는 사람이다. 쉽게 달아오르지 않고, 쉽게 무너지지 않는다. 그건 분명 장점이지만, 가끔은 묻고 싶어진다. 내가 지켜 낸 건 안정이었을까, 아니면 가능성이었을까.

적당히 사랑받았다는 기억은, 나를 망가뜨리지 않았지만 완전히 열어 주지도 않았다. 그래서 지금의 나는, 사랑을 말할 때 여전히 조심스럽다. 감정을 올리는 법보다, 유지하는 법을 먼저 배운 사람처럼. 무온의 마음으로 오래 살아온 사람만이 아는, 그 미묘한 거리감 속에서.

너의 침묵이 전부였던 날들

너는

아무 말도 하지 않았고

나는

그 안에서 하루를 만들었다

오지 않는 문장을

문장처럼 읽으며

표정과

숨의 간격까지

의미로 옮겼다

침묵은

빈 것이 아니라

너의 방식이었다

그래서 나는
대답이 없는 쪽에
계속 말을 걸었다

하루가 끝날 즈음
알림 하나 없는 화면 앞에서
심장은
혼자 박수를 쳤다

응답은
언제나
늦게 왔고

늦게 온 것은
대부분
오지 않은 것과 같았다

그럼에도
나는

기다리는 동안의 나를

전부로 삼았다

아무 소리도 없던 날들

그 속에서

가장 크게 울린 것은

너가 아니라

무음으로 버텨 낸

나의 마음이었다

#9

그 시절의 나는 누군가가 없다는 사실보다, 누군가를 기준으로 하루를 설계하고 있다는 사실을 더 늦게 알아차렸다. 연락이 오지 않는 시간은 비어 있는 것처럼 보였지만, 사실은 아주 많은 생각으로 채워져 있었다. 나는 그 공백을 견디는 사람이 아니라, 그 공백을 해석하는 사람이 되어 있었다.

20대의 마음은 유난히 성실하다. 설명되지 않은 감정 앞에서도 이유를 만들고, 확실하지 않은 관계에도 이름을 붙인다. 침묵은 무관심일 수도 있었지만, 나는 그것을 여유나 사정으로 바꿔 이해했다. 그렇게 이해하는 쪽이 나를 덜 초라하게 만들었기 때문이다. 기다림이 나의 선택이라고 믿고 싶었고, 그 선택이 나를 조금 더 성숙하게 보이게 해 줄 거라 생각했다.

그러나 시간이 흐르면서 깨달았다. 내가 버텨 낸 것은 관계가 아니라, 관계 안에서 만들어진 나의 역할이었다는 걸. 나는 응답을 받는 사람이 아니라, 의미를 부여하는 사람이었다. 아무 말 없는 상대를 대신해 마음속에서 대화를 이어

가고, 결론 없는 상황에 나 혼자서 결말을 붙였다. 그건 사랑이라기보다, 혼자서 유지한 세계에 가까웠다.

그 시절의 나는 이상하게도 지치지 않았다. 지친다는 건, 어딘가에 기대고 있다는 뜻이었기 때문이다. 대신 무감해졌다. 하루의 리듬을 상대의 반응에 맞추되, 실망하지 않기 위해 감정을 미리 낮췄다. 기대하지 않으면 상처도 없다는 말을, 나는 꽤 어린 나이에 몸으로 배웠다.

20대의 많은 관계는 이렇게 끝난다. 싸우지 않고, 크게 울지 않고, 이유를 정확히 말하지 못한 채. 그래서 더 오래 남는다. 아프지 않았던 대신, 분명하지 않았던 감정들은 시간이 지나도 정리되지 않는다. 나는 한동안 누군가의 부재를 견뎌 낸 사람이 아니라, 부재에 익숙해진 사람으로 살았다.

그 이후의 나는 관계에서 늘 한 박자 늦었다. 상대가 다가와도 바로 손을 내밀지 않았고, 말이 줄어들면 먼저 채우려 하지 않았다. 한 번쯤은 침묵이 전부였던 날들을 살아 냈기 때문이다. 아무 말이 없어도 하루를 꾸릴 수 있었던 사람은, 나중에 말이 많아져도 쉽게 기대하지 않는다.

이제는 안다. 그 시절 내가 버텨 낸 건 사랑이 아니라, 나 자신을 놓치지 않기 위한 방식이었다는 걸. 응답이 없던 시간 동안 나는 무너졌지만, 동시에 단단해졌다. 침묵 속에서 혼자 마음을 세우는 법을 배웠고, 그건 이후의 삶에서도 쉽게 사라지지 않았다.

그래서 지금의 나는 여전히 조심스럽다. 말이 없다고 해서 곧바로 불안을 키우지 않고, 응답이 늦다고 해서 나를 줄이지 않는다. 한때는 누군가의 침묵이 전부였지만, 이제는 안다. 그날들을 통과하며 가장 크게 남은 것은, 상대가 아니라 그 시간에도 나를 지켜 냈던 나의 마음이라는 걸.

▌상실

이별은 무음을 만들었다

이별 이후
나는
자주 틀렸다

웃어야 할 곳에서
웃지 않았고
괜찮아야 할 말에
고개를 숙였다

말의 속도가
내가 알던 나보다
느렸다

거울 속 얼굴은

조금 늦게 반응했고
이름을 불러도
대답이 없었다

사라진 건
너였는데
어딘가 빠진 건
나였다

지금 나는
묵음(默音)인가 보다

#10

늘 바다를 좋아했다. 지금도. 그래서인지 이별에도 늘, 나는 바다로 갔다. 사람이 적은 겨울 바다였다.

바람은 생각보다 세게 불었고, 파도는 계속 부서지고 있었지만 이상하게도 시끄럽지 않았다. 귀로는 분명 소리를 듣고 있었는데, 마음까지 도달하지는 못했다. 겨울 바다는 늘 그렇듯 크고 분명했지만, 그 앞에 서 있는 나는 아주 작고 흐릿했다.

모래 위에 서서 파도를 보는데, 내가 알고 있던 바다와는 다른 것 같았다. 여름의 바다는 소리를 먼저 들려주지만, 겨울의 바다는 형태부터 보여 준다. 거센 물결이 부서지는 장면, 흩어졌다가 다시 밀려오는 반복. 그 모든 움직임이 분명한데도, 그 안에서 감정은 일어나지 않았다.

그때 깨달았다.

이별은 슬픔을 가져가는 대신, 반응을 데려간다는 걸.

나는 원래 감정이 빠른 사람이었다. 기쁘면 바로 웃었고, 아프면 바로 무너졌다. 하지만 이별 이후의 나는 자꾸 늦었다. 바다를 보고 있어도 감탄이 늦었고, 추운 바람을 맞아도 몸이 한 박자 뒤에 떨렸다. 파도가 부서질 때마다 감정이 함께 무너져야 할 것 같았는데, 마음은 끝내 움직이지 않았다.

나는 바다 앞에서 오래 서 있었다. 손을 주머니에 넣고, 어깨를 움츠린 채로. 눈앞에서는 파도가 끊임없이 부서지고 있었지만, 내 안에서는 아무 일도 일어나지 않았다. 그 상태가 이상하게도 가장 견디기 어려웠다. 울 수 있었다면 차라리 나았을 텐데, 울음조차 오지 않았다.

사라진 건 그 사람이었는데, 빠져나간 건 나의 소리 같았다.

바닷바람이 얼굴을 스쳤고, 누군가는 옆에서 사진을 찍고 있었다. 웃음소리도 들렸고, 갈매기 울음도 들렸다. 세상은 여전히 제 볼륨으로 살아가고 있었지만, 나만 음소거 버튼을 눌러 놓은 사람처럼 그 안에 섞이지 못했다. 그제야 알았다. 무음은 조용한 공간이 아니라, 감정이 재생되지 않는 상태라는 걸.

이별 이후 나는 자주 틀렸다. 웃어야 할 순간에 웃지 못했고, 괜찮냐는 질문에 대답이 늦었다. 말은 입까지 왔다가 방향을 잃고 사라졌다. 거울 속 얼굴은 내가 아는 나보다 느리게 반응했고, 이름을 불러도 바로 고개가 들리지 않았다.

  무음의 마음

겨울 바다 앞에서 나는 한참을 서 있다가, 결국 아무 말도 하지 않고 돌아섰다. 위로를 얻기 위해 온 것도 아니었고, 정리를 하기 위해서도 아니었다. 그냥, 이 상태를 확인하러 온 것 같았다. 내가 지금 얼마나 조용해졌는지를.

집으로 돌아오는 길에도 바다는 계속 귓가에 남아 있었다. 파도 소리는 분명했지만, 감정은 여전히 움직이지 않았다. 그때 처음으로 이별을 다른 이름으로 불렀다. 슬픔도, 아픔도 아닌, 묵음(默音)이라고.

묵음은 공백이 아니었다. 아무것도 없는 상태도 아니었다. 소리는 분명 존재하지만, 출력되지 않는 상태. 감정은 안에 남아 있지만, 세상과 연결되지 않는 시간. 나는 그 무음 속에서 버티고 있었다.

지금 돌아보면 안다. 그 조용함은 고장이 아니라 보호였다. 한 번에 감당하기엔 너무 컸던 상실을, 마음이 스스로 낮춘 볼륨이었다는 걸. 겨울 바다는 아무 말도 하지 않았지만, 그 앞에 서 있었던 나는 분명 살아 있었다.

이별은 나에게서 누군가를 데려갔고, 대신 다른 속도를 남겼다.

그래서 나는 한동안 묵음이었지만, 사라지지는 않았다.

겨울 바다처럼, 소리가 있어도 드러내지 않는 상태로
조용히, 그러나 끝내 멈추지 않고 서 있었다.

　　　　　　　　　　　　　　　　　　　무음의 마음

○ 나의 이야기_무음 02. 스물다섯의 세상

2 - 감정이 침묵을 배우는 시기

스물다섯은 준비가 끝나지 않았는데 시작선에 서 있는 나이였다. 아직 서툰데, 이제는 어른처럼 행동해야 했다. 실수는 줄여야 했고, 책임은 자연스럽게 감당할 줄 알아야 했다. 아무도 "처음이니까 괜찮아"라고 말해 주지 않았다. 다들 이미 한 번쯤은 겪어 봤다는 얼굴로, 다음 단계로 넘어가고 있었다.

사회에 들어온 뒤로 하루는 생각보다 빠르게 흘렀다. 출근 시간에 맞춰 눈을 뜨고, 지각하지 않기 위해 서둘렀다. 몸은 회사에 있었지만, 마음은 늘 반 박자쯤 뒤처져 있었다. 회의에서 고개를 끄덕이면서도, 이 일이 정말 내가 선택한 삶인지 스스로에게 묻고 있었다.

괜찮다는 말은 습관이 되었다. "일할 만해?"라는 질문에도, "힘들지 않아?"라는 안부에도, 나는 늘 비슷한 대답을 내놓았다. 굳이 설명하지 않아도 되는 쪽을 택했다. 설명하려 들면, 너무 많은 이야기가 쏟아질 것 같았기 때문이다. 아직 정리되지 않은 마음을 꺼내는 일은 생각보다 큰 용기가 필요했다.

친구들과의 관계도 조금씩 달라졌다. 예전처럼 자주 만나지 못했고, 만나도 각자의 이야기를 빠르게 나누다 헤어졌다. 누가 더 바쁜지, 누가 더 잘 버티고 있는지, 은근한 비교가 대화 사이에 끼어들었다. 모두가 애쓰고 있다는 걸 알면서도, 가끔은 혼자 뒤처진 기분이 들었다.

사랑은 여전히 중요했지만, 예전과는 다른 방식으로 마음을 차지했다. 좋아하는 감정 하나만으로는 부족했고, 서로의 생활을 맞춰야 했다. 퇴근 후의 피곤함, 답장이 늦어지는 시간, 자주 미뤄지는 약속들이 쌓였다. 서운함이 생겨도 쉽게 말하지 못했다. 괜히 예민한 사람처럼 보일까 봐, 상대를 더 힘들게 할까 봐.

우리는 사랑을 하고 있었지만, 동시에 각자의 삶을 버티고 있었다. 그래서 마음을 꺼내는 일은 늘 다음으로 미뤄졌다. "나중에 얘기하자"는 말이 쌓일수록, 감정은 점점 혼자 남았다. 그 침묵이 관계를 지키는 방법이라고 믿고 싶었다.

스물다섯의 나는 자주 계산했다. 이 말을 해도 괜찮을지,

오늘은 그냥 넘기는 게 나을지. 사랑에서도, 인간관계에서도, 나는 점점 조심스러워졌다. 솔직해지는 대신 무난해지는 쪽을 선택했고, 그 선택은 나를 안전하게 했지만 조금 외롭게 만들었다.

밤이 되면 문득 생각이 많아졌다. 잘 살고 있는 건지, 이 방향이 맞는 건지, 지금의 내가 과거의 나가 원하던 모습인지. 답을 찾으려 하기보다는, 내일도 버텨야 한다는 사실만 떠올렸다. 그렇게 하루를 정리하며 잠에 들었다.

스물다섯은 열여섯보다 훨씬 많은 말을 해야 하는 나이였지만, 마음은 여전히 조용했다. 다만 그 무음은 더 복잡해졌다. 책임과 기대, 사랑과 불안이 겹쳐진 침묵이었다.

나는 그 시절에 사회에 적응하는 법을 배우면서, 동시에 나 자신을 조금씩 숨기는 법도 배웠다. 사랑을 지키기 위해, 관계를 유지하기 위해, 어른처럼 보이기 위해. 그렇게 나는 말하지 않는 감정들을 안고 하루하루를 살아갔다.

그때의 나는 몰랐다. 이 조용한 시간들이 지나서야, 비로소 나 자신을 다시 마주하게 될 거라는 것을. 스물다섯의 나는 다만, 소리 내지 않고도 흔들리는 마음으로 세상에 적응하고 있었다.

그리고 나는 늘 흔들리고 있었다.

분명 앞으로 가고 있는 것 같다가도, 어느 날은 제자리로 되돌아온 기분이 들었다. 잘 풀리는 날이 지나면 반드시 이유 없는 불안이 따라왔고, 괜찮아졌다고 생각한 순간 다시 바닥을 보는 일이 반복되었다. 그 오르락내리락이 나를 가장 혼란스럽게 만들었다.

그 시절의 나는 아직 삶의 굴곡에 익숙하지 않았다. 힘든 일이 생기면, 그것이 잠시 지나가는 과정이라는 걸 알지 못했다. 그래서 매번 처음 겪는 것처럼 아팠고, 처음 실패한 사람처럼 스스로를 몰아붙였다. 왜 이렇게 되는 걸까, 왜 자꾸 나에게 이런 일들이 생길까. 질문은 많았지만, 답은 쉽게 나오지 않았다.

주변을 보면 모두 잘 살고 있는 것처럼 보였다. 누군가는 안정적인 자리를 잡았고, 누군가는 자신의 길을 또렷이 말했고, 누군가는 사랑마저 순조로워 보였다. 그 모습들이 너무 자연스러워서, 나는 나만 유독 서툰 사람처럼 느껴졌다. 다들 이미 한 번쯤은 겪고 지나온 일들을, 나만 이제야 처음 맞닥뜨린 것 같았다.

그래서 더 혼자가 된 기분이 들었다. 이 힘듦이 나만의 문제처럼 느껴졌고, 설명할수록 초라해질 것 같았다. 괜히 약한 사람으로 보일까 봐, 괜히 뒤처진 사람으로 남을까 봐. 나는 힘들다는 말을 삼키는 쪽을 택했다.

대신 웃었다.

괜찮은 척, 잘 버티고 있는 척.

지금 이 순간이 전부인 것처럼 보이지 않기 위해, 나는 표정을 관리했다. 웃음은 나를 보호해 주는 가장 간단한 방법이었다. 속도가 느리다는 사실, 방향을 확신하지 못하고 있다는 사실을 들키지 않기 위해서였다.

하지만 혼자가 되면, 웃음은 쉽게 사라졌다. 방 안에 앉아 하루를 되짚다 보면, 낮에 아무렇지 않게 넘겼던 장면들이 다시 떠올랐다. 말끝을 흐렸던 대화, 괜히 밝게 웃어넘긴 질문들, 속으로만 삼킨 불안들. 그 모든 것들이 밤이 되어서야 제자리를 찾았다.

그때마다 나는 자괴감에 빠졌다.

왜 나만 이렇게 힘들까.

왜 이렇게 작은 일에도 무너질까.

왜 나는 남들처럼 담담해지지 못할까.

지금 생각해 보면, 그 질문들은 너무 가혹했다. 하지만 그 시절의 나는 몰랐다. 삶의 어려움은 비교할 수 있는 것이 아니라는 것을, 각자의 속도와 타이밍이 다르다는 것을. 나는 그저 나에게 처음 닥친 파도를, 세상에서 가장 큰 파도처럼 받아들이고 있었다.

사랑에서도 비슷했다. 마음이 깊어질수록 더 조심스러워졌다. 나의 불안이 상대에게 짐이 될까 봐, 나의 흔들림이 관계를 망칠까 봐. 그래서 나는 솔직해지기보다는, 무난한 사람이 되려고 애썼다. 그 애씀은 관계를 지켜 주었지만, 동시에 나를 조금씩 지치게 했다.

그 시절의 나는 늘 버텼다. 크게 무너지지는 않았지만, 늘 긴장한 상태로 하루를 건넜다. 언제 다시 떨어질지 모른다는 불안 속에서, 잠시 괜찮아진 순간마저 온전히 즐기지 못했다. 좋아도 불안했고, 나아져도 의심이 남았다.

시간이 지나서야 알게 되었다. 그때 내가 보고 있던 '잘 살고 있는 사람들' 역시 각자의 자리에서 흔들리고 있었다는 것을. 다만 그들 역시 말하지 않았을 뿐이었다. 모두가 처음 겪는 일 앞에서는 비슷하게 서툴고, 비슷하게 혼란스러웠다는 것을.

하지만 그 시절의 나는 알지 못했다. 그래서 더 외로웠고, 더 스스로를 탓했다. 그럼에도 나는 멈추지 않았다. 웃음을 잃지 않으려 애썼고, 하루를 넘기는 법을 배워 갔다. 그 모든 선택들이 나를 조금씩 앞으로 밀어주고 있었다.

지금 돌아보면,

스무 대의 나는 약해서 흔들린 게 아니라

너무 많은 처음을 혼자서 통과하고 있었던 사람이었다.

속도를 들키지 않기 위해 웃던 시간들은 나를 속이기 위한 것이 아니라, 무너지지 않기 위해 선택한 나만의 방식이었다.

그 시절의 나는 잘 살고 있는 것처럼 보이기보다, 어떻게든 살아 내고 있었다. 그리고 그 사실만으로도 충분히 애쓰고 있었다는 걸 이제는 조금 알 것 같다.

3

감정과 함께 살아가는 법

30대의 무음
— 서툰 어른의 감정 일기

아무도 대신 살아 주지 않는다

스무 살의 나는
대답을 기다렸고
서른의 나는
대답을 정리했다

이제 하루는
마음보다
순서로 시작된다

하고 싶은 일보다
해야 할 일이
먼저 놓이고

괜찮냐는 질문엔

생각할 틈 없이
괜찮다고 말한다

도와주는 사람은 있어도
결정은
항상 나의 이름으로 남는다

아무도 대신 살아 주지 않는다는 말이
이제는
차갑지 않다

그저
볼륨을 낮춘 채
계속 살아가게 하는
조용한 기준이 될 뿐이다

#1

　서른이 되면서부터 삶은 질문을 덜 던지기 시작했다. 정확히 말하면, 질문은 여전히 많았지만 그것을 누군가에게 맡기지 않게 되었다. 스무 살 무렵의 나는 늘 물어보고 싶어 했다. 이 선택이 맞는지, 이 방향으로 가도 되는지, 조금 늦어도 괜찮은지. 대답은 언제나 바깥 어딘가에 있을 거라 믿었다. 선배에게, 친구에게, 혹은 시간이 대신 알려 줄 거라고 생각했다.

　하지만 서른의 하루는 그런 기대 없이 시작된다. 아침에 눈을 뜨면 마음보다 먼저 해야 할 목록이 떠오른다. 감정은 뒤로 밀리고, 순서가 앞에 선다. 하고 싶은 말보다 먼저 처리해야 할 일들이 줄을 서 있다. 가끔은 내가 어떤 기분인지 확인하기도 전에 하루가 반쯤 지나 있다. 그래도 멈추지는 않는다. 멈추지 않는 법을 이미 몸이 배워 버렸기 때문이다.

　괜찮냐는 질문을 받으면, 이제는 잠깐의 망설임도 없이 괜찮다고 말한다. 정말 괜찮아서라기보다는, 그 말이 하루를 가장 빠르게 통과시키는 방법이라는 걸 알게 되었기 때

　　　　　　　　　　　　　　　　　　　　　　　무음의 마음

문이다. 설명을 덧붙이면 길어지고, 감정을 꺼내면 책임져야 할 것들이 늘어난다. 그래서 말은 짧아지고, 표정은 정돈된다. 이 정돈된 얼굴이 나를 보호해 주는 최소한의 장치가 된다.

서른이 되어서야 알게 된 사실이 있다. 누군가는 도와줄 수 있지만, 대신 살아 줄 수는 없다는 것. 선택의 순간마다 이름이 적히는 칸은 언제나 비어 있지 않고, 그 자리에 적히는 것은 늘 나 자신의 이름이다. 어떤 결정을 하든, 결과가 좋든 나쁘든, 서명란은 나의 몫이다. 예전에는 그 사실이 차갑게 느껴졌다. 너무 냉정하고, 너무 단단한 말처럼 들렸다.

하지만 이제는 조금 다르다. 아무도 대신 살아 주지 않는다는 말은 더 이상 날 밀어내지 않는다. 오히려 기준처럼 느껴진다. 과도한 기대를 하지 않게 하고, 쓸데없는 원망을 줄여 주는 조용한 기준. 삶의 볼륨을 낮춘 채, 과장 없이 하루를 이어 가게 만드는 문장. 크게 외치지 않아도 되지만, 지워지지도 않는 문장이다.

그래서 요즘의 나는 혼자라는 말을 외로움으로만 받아들이지 않는다. 혼자 결정하고, 혼자 책임지는 시간이 늘어난

만큼, 나 자신에게 돌아오는 신뢰도 조금씩 쌓인다. 완벽하지 않아도 괜찮고, 흔들려도 다시 세울 수 있다는 감각. 그것은 누군가가 준 용기가 아니라, 내가 나를 포기하지 않고 여기까지 데려왔다는 증거다.

독백은 이제 슬픔의 방식이 아니다. 소리 내어 말하지 않아도 되는 생각들이 마음 안에서 차분히 정리되는 과정이다. 서른의 삶은 그렇게 말수가 적어지는 대신, 중심이 생긴다. 아무도 대신 살아 주지 않기에, 나는 오늘도 내 몫의 하루를 조용히 살아 낸다. 그 사실 하나만으로도, 이 나이는 충분히 성숙하다.

멀지만 사라지지 않는 방향

나는 여전히
어디쯤을 바라보고 있다

닿지 않아도 괜찮은
조금 먼 쪽을
이루지 못한 말들이
밤마다 먼저 깨어
지나간 선택들을
조용히 불러 세운다

완벽해지고 싶었던 날보다
무사히 지나고 싶은 날이
더 많아졌다는 걸
요즘의 나는 안다

그래도

아주 가끔은

지금의 나보다

조금 더 나은 나를

생각하게 된다

버티는 법만 늘어난 마음이

왜 아직도

설레는지

그 이유를

묻지 않은 채로

나는

포기하지도

매달리지도 않은 채

한 발쯤 뒤에서

나를 바라본다

도착하지 못해도

계속 걷고 있다는 사실이

나를
지금 여기까지
데려왔다는 걸
믿어 보면서

동경은
가지지 못한 것에 대한
부끄러운 욕심이 아니라
아직 나를
끝내지 않았다는
조용한 증거

그래서 오늘도
나는 나에게서
조금 떨어진 곳을
바라본다
멀지만
사라지지 않는 방향으로

#2

나는 마음을 함부로 꺼내지 않게 되었다.

좋아하는 감정조차도 곧바로 말이 되지 못한 채, 한 번 더 가슴 안에서 식는 시간을 거친다. 예전에는 망설임을 미련이라 불렀지만, 이제는 그 시간을 존중한다. 감정이 자라기 전에 먼저 삶을 건드리지 않게 하기 위해서다.

동경은 그런 마음이다.

다가가고 싶어서 생긴 것이 아니라, 바라보는 자리에서 나를 지키게 하는 감정. 손을 뻗지 않았기에 남아 있고, 선택하지 않았기에 흐트러지지 않는다. 서둘러 이름 붙이지 않아도 되는 마음은, 오히려 오래 나와 함께 있었다.

한때는 이 마음이 나를 뒤처지게 만든다고 생각했다.

무언가를 분명히 하지 못하는 내가 미숙해 보였고, 끝내지 못한 감정이 나를 어딘가에 묶어 두는 것 같았다. 하지만 이제는 안다. 이 마음이 나를 붙잡고 있는 게 아니라, 내가 나를 너무 앞서 보내지 않게 잡아 주고 있다는 걸.

동경은 결핍이 아니다.

갖지 못해 생긴 마음이 아니라, 잃지 않기 위해 남겨 둔 감정이다. 이 감정 덕분에 나는 나를 급히 바꾸지 않고, 누군가의 기준에 나를 맞추지 않는다. 좋아함 앞에서도, 기대 앞에서도, 나는 나를 덜 흘린다.

서른의 마음은 더 이상 모든 감정에 답을 요구하지 않는다.

사랑이 아니어도 괜찮고, 결과가 없어도 괜찮다. 그저 내가 어디를 향해 있는지만 잃지 않으면 된다. 동경은 그 방향을 가만히 밝혀 준다. 길을 비추지는 않지만, 내가 서 있는 자리를 흐리게 만들지도 않는다.

가끔은 이 마음이 조금 쓸쓸하게 느껴질 때도 있다.

다가가지 않았다는 이유로 아무 일도 일어나지 않는 날들. 하지만 그런 밤에도 나는 안심한다. 이 감정이 나를 소모시키지 않았다는 사실 하나만으로도 충분하니까. 지키며 살아가는 마음도, 분명 삶의 한 방식이라는 걸 이제는 알기 때문이다.

그래서 오늘도 나는 동경을 그대로 둔다.

말로 꺼내지 않고, 선택지로 밀어 넣지 않고, 다만 마음 한가운데 조용히 놓아 둔다. 언젠가 닿을 수도, 끝내 닿지 않을 수도 있지만, 그 여부와 상관없이 나는 나를 잃지 않은 채 오늘을 산다.

서른의 나는 이제 안다.

닿지 않는 마음이 나를 아프게만 하는 건 아니라는 걸.

어떤 감정은 끝내지 않음으로써, 나를 끝까지 데려간다
는 걸….

 무음의 마음

어른이 된다는 건 무너지지 않는 것

어른이 된다는 건
울지 않는 법을 배우는 게 아니라
울어도
흐트러지지 않는 법을 익히는 일이었다

하루는 늘
끝나지 않은 채로
잠자리에 들고

마음은
내일로 옮겨 적는다

넘어질 듯하다가도
손을 먼저 짚고

아무 일 없다는 얼굴로
일어나는 것

그게
반복되다 보니
어느새
몸이 먼저 기억했다

무너지지 않는 연습은
아픔을 없애는 게 아니라
아픔을 안고도
서 있는 시간이었다
오늘도
완벽하지 않았지만
부서지지는 않았다

그 정도면
어른으로
충분했다

#3

　서른넷이 된 나는 이제 어떤 질문에는 굳이 대답하지 않는다.

　대답을 미뤄서가 아니라, 대답이 아직 마음 안에서 자라고 있다는 걸 알기 때문이다. 예전에는 말로 정리해야 안심이 되었는데, 지금은 정리되지 않은 상태로도 하루를 넘길 수 있다. 불완전한 채로도 충분히 괜찮다는 걸 배웠다.

　나는 아직도 흔들린다. 다만 그 흔들림이 나를 데려가는 곳이 달라졌다. 스무 살의 흔들림은 모든 것을 바꿀 것 같았고, 서른넷의 흔들림은 그저 하루를 조금 기울게 만든다. 크지는 않지만 분명히 느껴진다. 그래서 더 조심해진다. 무너지지 않기 위해서가 아니라, 다시 일어나기 쉬운 쪽으로 몸을 두기 위해서.

　이 나이가 되면 감정은 커지지 않는다. 대신 오래 남는다. 한 번 지나간 마음이 쉽게 사라지지 않고, 어디선가 천천히 반복된다. 나는 그걸 애써 없애려 하지 않는다. 지워지지 않는다는 걸 인정하는 쪽이 덜 아프다는 걸 알게 되었기 때문이다. 버티는 법은 결국, 받아들이는 쪽에 더 가까웠다.

나는 이제 나에게 기대하지 않는다. 대신 신뢰한다. 오늘의 내가 완벽하지 않아도 내일의 나를 망치지는 않을 거라는 믿음. 예전에는 잘 해내야만 괜찮은 사람이 되는 줄 알았는데, 지금은 무너지지 않고 남아 있는 것만으로도 충분하다는 걸 안다. 이 믿음은 쉽게 생기지 않았고, 그래서 쉽게 흔들리지도 않는다.

서른넷의 마음은 늘 조용하다. 감정이 없어서가 아니라, 감정을 크게 쓰지 않게 되었기 때문이다. 기쁨도 슬픔도 한꺼번에 꺼내지 않는다. 나눠서 쓰고, 아껴서 쓰고, 남겨 둔다. 그래야 오래 갈 수 있다는 걸 이제는 안다.

나는 여전히 서툴고, 여전히 늦고, 여전히 헷갈린다. 다만 예전처럼 나를 몰아붙이지 않는다. 몰아붙일수록 더 오래 멈추게 된다는 걸 여러 번 겪었기 때문이다. 대신 나에게 말한다. 지금 이 정도 속도면 괜찮다고, 오늘은 여기까지 와 준 것만으로도 충분하다고.

어른이 된다는 건 단단해지는 일이 아니었다.

부서질 수 있다는 걸 알면서도 계속 나를 데리고 가는 일이었다.

완벽한 방향이 아니라, 돌아갈 수 있는 방향을 남겨두는
일이었다.

그래서 나는 오늘도 나를 포기하지 않는 쪽을 선택한다.

크게 나아가지 않아도, 확실히 무너지지 않는 쪽으로.

그게 서른넷의 내가 나를 살아가는 방식이다.

아무도 알아주지 않지만

아무도 묻지 않았던 하루의 무게를 혼자 들고 집으로 돌아
오는 길에, 나는 늘 조금 늦은 걸음으로 밤을 건넜다

아주 자랑스러울 일은 없었지만, 그렇다고 아무 일도 없었
던 건 아니라는 걸 나는 조용한 침묵으로 알고 있었다

말없이 정리한 책상과, 끝까지 버텨 준 의자와, 이름 없이
지나간 시간들이 오늘의 나를 조용히 세워 주었다

대단하다는 말은 들리지 않았지만, 그 대신 하루가 무너지
지 않았다는 사실이 나의 옆에 앉아 있었다

버스 창가에 기대어 흘러가는 불빛을 보고 있으면, 내가 얼
마나 많은 날을 이런 식으로 견뎌 왔는지 새삼 느껴졌다

누군가의 기억에는 남지 않았을 순간들이 사실은 나를 여
기까지 데려왔다는 걸, 이제는 조금 믿게 된다

오늘도 말없이 해낸 일들, 아무도 불러 주지 않은 시간들,
그 모든 수고가 이 밤에서는 잠시 쉬어도 좋겠다
그래서 나는 소리 내어 말하지 않고, 마음속으로만 조용히
불러 본다
수고했어, 오늘도

#4

나는 박수 없는 하루에 익숙해졌다. 잘 해냈다는 말이 들리지 않아도, 괜찮았다는 확인이 없어도, 하루는 어김없이 끝났고 다음 날은 다시 시작되었다. 그 반복 속에서 나는 점점 조용해졌다. 기쁨을 크게 드러내지도, 힘듦을 먼저 말하지도 않게 되었다. 그저 하루를 넘겼다는 사실만으로도 충분하다고 스스로를 설득하는 법을 배웠다.

아무도 묻지 않는 하루에는 설명이 필요 없었다. 왜 피곤한지, 무엇이 힘들었는지, 어떤 마음으로 버텼는지 말하지 않아도 세상은 잘 흘러갔다. 나는 그 흐름에 맞추어 내 속도를 조금 늦췄고, 그 덕분에 넘어지지는 않았다. 다만 늘 한 박자 뒤에서 걷는 사람이 되었을 뿐이다.

눈에 띄는 성취는 없었지만, 사라진 것도 없었다. 하루가 무너지지 않았다는 사실은 생각보다 많은 수고를 필요로 했다. 아무 말 없이 정리된 책상, 제자리를 지켜 준 의자, 끝까지 붙잡고 있었던 집중력 같은 것들. 그런 사소한 것들이 나를 지탱했다. 누군가의 기준에는 포함되지 않았을지라도, 나의 하루에는 분명히 존재했던 노력들이었다.

나는 점점 알게 되었다. 남지 않는 일들이야말로 가장 오래 남는다는 것을. 누군가의 기억에는 남지 않았을 순간들이, 사실은 나를 여기까지 데려왔다는 것을. 특별하지 않은 날들이 쌓여 지금의 나를 만들었고, 아무도 불러 주지 않은 시간들이 나를 단단하게 했다.

퇴근길 창문을 바라볼 때면, 흘러가는 불빛들이 하나같이 비슷해 보인다. 그 불빛처럼 나의 하루들도 서로 닮아 있다. 크게 다르지 않고, 특별히 기억할 장면도 없지만, 분명히 지나왔다는 흔적만은 남아 있다. 그 흔적 위에 나는 오늘도 서 있다.

무음이라는 의미는 내게, 그런 하루를 위한 이름 같다고 생각한다. 소리 없이 해낸 일들, 말하지 않아도 이미 충분했던 노력들. 그 모든 것이 설명되지 않아도 괜찮은 상태. 누군가 알아주지 않아도 사라지지 않는 가치.

그래서 나는 가끔 스스로에게만 들리게 말을 건다. 오늘도 잘 버텼다고, 오늘도 무너지지 않았다고. 큰 소리로 말하지 않아도 괜찮다. 이 마음은 박수를 원하지 않는다. 다만 잠시 쉬어도 된다는 허락만 있으면 충분하다.

오늘도 말없이 해낸 일들, 아무도 불러 주지 않은 시간들.

그 모든 수고가 이 밤에서는 잠시 내려놓아도 괜찮다.

나는 소리 내지 않고, 마음속으로만 조용히 말한다.

 무음의 마음

무너지지 않기 위해 선택한 방식

나는
더 뜨거워지지 않기로 했다

넘치지 않는 온도로
하루를 데웠다

마음이 끓어오를 때마다
불을 줄였고
식어 갈 때는
손을 오래 얹었다

차갑지 않게
뜨겁지 않게

상처는
온도가 높을수록
깊어졌다는 걸
이제는 안다

그래서 나는
뜨거워지는 대신
지속되는 체온을 택했다

무너지지 않는다는 건
불을 키우는 일이 아니라
꺼지지 않게
지켜보는 일이었다

유지는
가장 낮은 온도로
가장 오래 살아남는
나의 방식이었다

#5

어느 순간에 나는 더 나아지기보다는, 덜 흔들리는 쪽을 택했던 적이 있다. 성장이라는 말 대신 지속이라는 단어가 마음에 오래 남았다. 이전의 나는 늘 변화를 목표로 삼았고, 그 변화가 나를 어디로 데려갈지 충분히 묻지 않았다.

서른을 넘기며 알게 된 건, 많은 것들이 무너지지 않아야만 비로소 의미를 갖는다는 사실이었다. 관계도, 일도, 나 자신도 마찬가지였다. 무너지지 않기 위해서는 새로 시작하는 용기보다 반복을 견디는 태도가 필요했다. 화려하지 않은 선택들이 하루를 구성했고, 그 하루들이 지금의 나를 만들었다.

나는 이제 무언가를 선택할 때 이렇게 묻는다. 이것이 나를 단단하게 하는가, 아니면 잠시 흔들리게 하는가. 재미있는가, 설레는가보다는 오래 가능한가를 먼저 생각한다. 그 질문은 나를 덜 열정적인 사람으로 보이게 할지 모르지만, 적어도 쉽게 포기하지 않는 사람으로 만들어 주었다.

유지는 눈에 잘 띄지 않는다. 결과가 크지 않고, 설명할 말도 많지 않다. 그래서 종종 스스로에게조차 평가받지 못한다. 하지만 나는 안다. 지금의 삶이 특별한 이유는, 무너졌던 자리에 다시 세우지 않아도 될 만큼 조심스럽게 살아왔기 때문이다.

예전에는 삶을 바꾸는 사람이 되고 싶었다. 지금은 삶을 지켜 내는 사람이 되고 싶다. 그 차이는 크지 않아 보이지만, 나에게는 결정적인 변화였다. 무너지지 않기 위해 선택한 방식은 결국, 나를 지나치게 시험하지 않는 쪽이었다.

오늘도 나는 내 온도를 위한 하루를 유지한다. 그 선택이 언제까지 이어질지는 알 수 없지만, 적어도 지금의 나는 이 방식으로 살아갈 수 있다는 것을 알고 있다. 그것이면 충분하다.

 무음의 마음

누군가를 사랑하기 전에 나를 잃지 않는 법

사랑을 하면
나는 늘
나부터 줄였다

이번에는
마음을 주기 전에
나를 남겼다

답이 늦어도
하루를 잃지 않고
침묵 앞에서도
나를 세웠다

좋아하는 마음이

커질수록
나는 더
나에게 돌아왔다

사랑은
사라지는 일이 아니라
함께 남는 일이라는 걸
이제야 안다

그래서 나는
누군가를 향해 가면서도
나를 놓지 않는다

#6

사랑은 더 이상 돌진하는 일이 아니게 되었다. 예전의 나는 누군가를 좋아하게 되면 자연스럽게 나부터 줄였다. 연락의 속도에 나를 맞추고, 상대의 기분에 하루를 맡기고, 관계가 흔들리지 않도록 나의 기준을 먼저 접었다. 그렇게 하는 것이 사랑의 예의라고, 성숙한 태도라고 믿었다. 하지만 돌아보면 그건 성숙이라기보다 습관에 가까웠다. 사랑 앞에서 나를 덜어 내는 습관.

이제는 조금 다르다. 마음이 생기기 전에 나를 지키는 일이 먼저 떠오른다. 좋아하는 감정이 생겨도 하루의 리듬을 무너뜨리지 않으려 하고, 답이 늦어도 그 시간 전체를 불안으로 채우지 않으려 애쓴다. 침묵이 찾아오면 이유를 만들어 내기보다, 그 침묵 속에서도 나를 세운다. 예전 같으면 애써 의미를 부여했을 순간들을, 이제는 굳이 해석하지 않는다.

이 변화가 처음부터 편했던 것은 아니다. 사랑이 깊어질수록 나에게로 돌아오는 일이 어색하게 느껴질 때도 있었다. 좋아한다는 마음은 바깥으로 향하는데, 나는 자꾸 안쪽을 살피고 있었으니까. 하지만 그 안쪽에 나를 두지 않으면, 관계가 끝났을 때 남는 것이 너무 없다는 걸 이미 알고 있었다. 나는 그 공백을 다시 만들고 싶지 않았다.

서른이 되어 알게 된 건, 사랑이란 나를 잃어 가며 증명하는 일이 아니라는 사실이다. 함께 있어도 나의 속도가 유지되는 상태, 상대를 향해 가면서도 나에게서 완전히 떠나지 않는 균형. 그 균형은 처음엔 낯설었지만, 시간이 지날수록 마음을 편하게 했다. 나를 잃지 않으니 상대를 더 정확히 볼 수 있었고, 감정에 휩쓸리지 않으니 사랑도 덜 소모되었다.

사랑을 하면서 나를 보존한다는 건, 차갑게 거리를 두는 일이 아니다. 오히려 감정을 더 오래 지키기 위한 선택에 가깝다. 나의 하루, 나의 생각, 나의 감정이 존중받는 상태에서만 관계도 숨을 쉰다. 누군가를 향해 가는 길에서 나를 내려놓지 않는다는 것은, 혼자 남겠다는 뜻이 아니라 함께 남겠다는 의지다.

예전에는 사랑이 끝나면 나도 함께 사라지는 기분이 들었다. 이제는 그렇지 않다. 관계가 어떻게 흘러가든, 나는 여전히 나로 남아 있다. 그 사실 하나만으로도 사랑은 덜

     무음의 마음

두렵고, 덜 위태롭다. 서른이 된 나는 더 이상 모든 것을 내주지 않는다. 대신 나를 포함한 상태로 사랑한다.

크게 흔들리지 않지만 분명히 살아 있는 감정. 소리 없이 나를 지키는 선택. 누군가를 사랑하기 전에, 그리고 사랑하면서도 끝내 나를 잃지 않으려는 마음.

그래서 나는 이제 누군가를 향해 가면서도,

조용히 나를 함께 데리고 간다.

잠시 미뤄 둔 채로 남은 마음

사랑을 선택하지 않은 날들이
오래 이어졌다

그 선택이
도망이 아니라는 걸
나는 뒤늦게 알았다

삶을 먼저 세우느라
마음을 뒤로 놓았을 뿐
버린 적은 없었다

기다림을 요구하지 않는 감정은
조용히 남아
시간을 견뎠다

계절이 몇 번 바뀌어도
사라지지 않는 온기가
마음의 가장 낮은 곳에 남아 있었다

사랑은
지금이 아니어도
존재할 수 있다는 것

그래서 나는
서두르지 않는다

남아 있는 마음을
책처럼 덮어 두고
언젠가 다시
열 수 있기를 믿으며

#7

어느 나이쯤부터는 감정에도 잔여가 생긴다.

다 쓰지 못한 말, 끝까지 가지 않은 마음, 선택되지 않은 방향들. 그것들은 버려지지 않고 삶의 가장자리 어딘가에 남아 있다. 눈에 띄지 않지만 완전히 사라지지도 않는다. 서른을 넘기며 나는 그 잔여들이 점점 늘어나는 사람이라는 걸 알게 되었다.

젊을 때는 무엇이든 끝을 봐야 직성이 풀렸다. 좋아하면 확인해야 했고, 아프면 이유를 붙여야 했고, 관계는 명확한 결론을 가져야 했다. 미완은 늘 불안했고, 남겨진 상태는 실패처럼 느껴졌다. 하지만 지금의 나는 모든 것을 완성하지 못한 채로 살아가는 사람이 되었다. 그리고 그 상태가 생각보다 나를 망치지 않는다는 것도 함께 알게 되었다.

잔여로 남은 마음들은 크지 않다. 나를 흔들지도, 당장 행동하게 만들지도 않는다. 다만 어떤 순간에 문득 고개를 든다. 특별한 계기가 있어서라기보다, 삶의 속도가 잠시 느려질 때, 생각의 여백이 생겼을 때. 그때 나는 내가 여전히 많은 것을 안고 살아왔다는 사실을 알아차린다.

그 감정들은 나에게 요구하지 않는다. 왜 여기까지 왔는지 묻지도 않고, 왜 선택하지 않았는지 따지지도 않는다. 그저 내가 지나온 시간의 일부처럼 남아 있다. 마치 오래 입지 않은 옷이 옷장 깊숙이 걸려 있는 것처럼, 존재만으로도 과거의 체온을 떠올리게 한다.

서른의 삶은 계속 앞으로 나아가야 한다는 압력이 크다. 책임은 늘고, 결정은 더 많아지고, 되돌릴 수 없는 것들도 많아진다. 그래서인지 나는 더 이상 모든 감정을 현재형으로 살지 않는다. 어떤 마음은 과거형으로, 어떤 마음은 미정 상태로 둔다. 그게 지금의 나에게 가능한 균형이다.

잔여가 있다는 건, 아직 감정이 마르지 않았다는 뜻이기도 하다. 모든 것을 정리해 버린 사람보다, 아직 남아 있는 사람이 조금은 더 살아 있다는 느낌을 준다. 쓰이지 않은 감정, 사용되지 않은 마음은 실패가 아니라 여백이다. 삶이 아직 끝나지 않았다는 증거 같은 것.

나는 이제 잔여를 없애려 하지 않는다. 정리해야 할 대상도, 해결해야 할 문제도 아니다. 그건 그저 나의 일부로 남아 있다. 서둘러 사용하지 않아도 되고, 억지로 의미를 부여하지 않아도 된다. 살아오면서 자연스럽게 생긴 흔적 같은 것.

어쩌면 어른이 된다는 건, 모든 것을 명확히 하는 일이
아니라

명확하지 않은 것들과 함께 살아가는 법을 익히는 일일
지도 모른다.

잔여를 안고도 일상을 유지하는 법, 미완의 감정을 지닌
채로도 하루를 살아 내는 법.

그래서 지금의 나는

삶의 중심이 아니라 가장자리에 남아 있는 마음들을

애써 밀어내지 않는다.

그 잔여들이 있다는 사실만으로도

나는 내가 꽤 오래, 나답게 살아왔다는 걸 알게 되니까.

나를 대하는 법을 이제야 배운다

아프지 않게
하루를 끝내는 법을
나는 최근에서야 알게 되었다

무리하지 않은 저녁과
비워 둔 일정 하나가
나를 조금 오래 살게 했다

예전에는
참는 게 어른인 줄 알았는데
이제는
멈추는 쪽을 고른다

잘하지 못한 날에도

나를 함부로 대하지 않는 연습을
조용히 이어 간다

괜찮지 않은 마음을
괜찮다고 덮지 않고
그 자리에
의자를 하나 놓아준다

나를 챙긴다는 건
대단한 변화가 아니라
오늘의 나를
내일로 데려오는 일

그래서 요즘의 나는
나에게
지나치게 엄격하지 않다

이제서야
같은 편이 된 것일까…

#8

한동안 나는 나를 관리해야 할 대상으로만 여겼다. 더 나아져야 하고, 덜 흔들려야 하고, 감정조차 효율적으로 다뤄야 하는 것처럼. 기분이 처지면 이유를 분석했고, 지치면 스스로를 설득했다. 나에게 허용된 감정은 생산적인 것들뿐이었다. 그렇게 살다 보니, 어느새 나는 나를 돌보는 사람이 아니라 감시하는 사람이 되어 있었다.

자애를 배운다는 건, 나에게 친절해지는 일이라고 생각했었다. 하지만 실제로는 그보다 훨씬 조용한 변화였다. 친절해지겠다는 의지도, 다정해지겠다는 다짐도 아니었다. 그저 나를 판단하지 않는 시간이 조금씩 늘어났을 뿐이다. 잘했는지 못했는지, 옳았는지 틀렸는지를 바로 정리하지 않고, 잠시 유보해 두는 태도. 그게 나에게는 가장 낯선 연습이었다.

서른이 넘어서야 알게 된 사실이 하나 있다. 나는 생각보다 오랫동안 나에게 증명하려 애쓰며 살아왔다는 것. 충분히 애썼다는 말보다, 아직 부족하다는 말에 더 익숙했고, 괜찮다는 결론보다 더 나아져야 한다는 문장에 기대어 하루를 넘겼다. 그 방식이 나를 여기까지 데려온 것도 사실이지만, 동시에 나를 꽤 지치게 했다는 것도 이제는 부정할수 없다.

자애는 나를 응원하는 목소리가 아니라, 나를 몰아붙이지 않는 침묵에 가깝다. 어떤 날은 아무 말도 하지 않고 지나가도 괜찮다고 허락하는 태도. 성과 없는 하루를 실패로분류하지 않고, 그저 그런 날로 남겨 두는 선택. 그렇게 분류되지 않은 하루들이 쌓이자, 삶은 조금 덜 각진 모양이되었다.

예전에는 나를 다루는 기준이 늘 타인의 시선에 가까웠다. 이 정도는 해야 어른답고, 이쯤이면 괜찮은 사람이라는보이지 않는 기준들. 하지만 지금의 나는 그 기준에서 한발짝 물러나 있다. 잘 보이는 사람보다 오래 버틸 수 있는사람이 되고 싶어졌고, 강해 보이는 태도보다 무너지지 않는 방식을 택하게 되었다.

자애란 결국, 나를 설득하지 않아도 되는 상태에 가까운것 같다. 지금의 나를 변명하지 않아도 되고, 설명하지 않아도 되는 마음. 그 마음은 대단하지 않지만 안정적이고,눈에 띄지 않지만 오래 간다. 나는 그 상태를 신뢰해 보기

                                        무음의 마음

로 했다.

아직도 나는 완전히 나를 이해하지는 못한다. 여전히 서툴고, 여전히 흔들린다. 하지만 예전처럼 그 흔들림을 문제로 취급하지 않는다. 삶의 일부로 받아들이는 쪽에 조금 더 가깝다. 그 차이가 나를 훨씬 덜 외롭게 만든다.

〈자애〉는 나에게 어떤 감정이 아니라, 태도의 이름이 되었다.

나를 몰아세우지 않는 태도, 나를 적으로 삼지 않는 태도.

이제서야 나는 알겠다.

같은 편이 된다는 건, 나를 특별히 아끼는 일이 아니라 끝까지 버리지 않는 일이었다는 걸.

아픔에도 속도가 생긴다

예전엔

아픔이 오면

하루가 전부 무너졌다

지금은

아픔이 와도

할 일을 먼저 한다

통증은

뒤따라온다

빠르지도

느리지도 않게

예전처럼

질문하지 않는다
왜 나에게
왜 지금인지

아픔은
설명 없이 와서
설명 없이 간다

나는
눈물을 흘리지 않고
우는 법을 배웠다

울지 않아도
아프다는 걸
이제는
증명하지 않아도 된다

속도가 생긴다는 건
덜 아프다는 뜻이 아니라

아픔을

데리고 가는 법을

알게 되었다는 뜻

그래서 오늘의 나는

무너지지 않는다

다만

천천히 아프다

무음의 마음

#9

아픔은 지나가고 나서야 성격이 드러난다. 겪고 있을 때는 그저 통과 중인 사건 같았는데, 시간이 흐르면 그것은 하나의 태도가 되어 남는다. 말투가 조금 바뀌고, 선택이 조심스러워지고, 어떤 장면 앞에서 더 이상 예전처럼 반응하지 않게 되는 것. 나는 그 변화를 성장이라고 부르기엔 조심스럽고, 상처라고 부르기엔 너무 일상적이라서 그냥 흔적이라고 생각한다.

서른을 넘기고 나서의 아픔은 예전처럼 요란하지 않다. 대신 조용히 삶의 결을 바꾼다. 좋아하던 것 앞에서 한 박자 늦어지고, 사람을 대할 때 조금 더 여지를 남긴다. 무언가를 단정 짓기 전에, 이미 지나온 시간을 먼저 떠올리게 된다. 아프지 않기 위해서라기보다, 더 이상 불필요하게 다치지 않기 위해서.

이제 나는 아픔을 해결해야 할 문제로 보지 않는다. 지나간 관계, 어긋난 선택, 설명되지 않은 감정들. 그것들은 완전히 정리되지 않은 채로도 삶 안에 남아 있을 수 있다는 걸 알게 되었다. 모든 것이 명확해질 필요는 없고, 모든 감정이 결론을 가져야 하는 것도 아니다. 남겨진 채로도 충분히 기능하는 마음이 있다는 사실을, 나는 경험으로 배웠다.

흔적은 사라지지 않지만, 방해하지도 않는다. 다만 어떤 순간에 나를 잠깐 멈추게 하거나, 같은 선택을 반복하지 않게 만든다. 예전 같았으면 무심코 지나쳤을 말 한마디에 마음이 먼저 반응하고, 그 반응을 따라 행동하기보다 한 번 더 생각하게 된다. 그 사이에 생긴 간격이, 나를 조금 다른 사람으로 만든다.

아픔에 속도가 생긴다는 말은, 이제 그 감정이 삶 전체를 점령하지 않는다는 뜻에 가깝다. 그것은 하루의 일부가 되고, 기억의 한구석에 자리 잡고, 결정적인 순간에만 조용히 모습을 드러낸다. 마치 오래된 흉터처럼, 평소에는 의식하지 않다가도 문득 만져질 때가 있다. 그때 나는 아팠던 나를 떠올리지만, 다시 그 자리로 돌아가지는 않는다.

서른의 마음은 빠르게 회복되기보다는, 천천히 방향을 바꾼다. 더 단단해지기보다는 덜 무모해지고, 덜 기대하기보다는 더 정확해진다. 아픔은 그 과정을 통과한 증거처럼 남아 있다. 나를 망가뜨리지 않았고, 그렇다고 나를 무장시키지도 않은 채로.

　　　　　　　　　　　　　　　　무음의 마음

나는 이제 안다.

아픔이 남긴 흔적은 약점이 아니라, 삶의 속도를 조절하는 감각이라는 걸.

그래서 오늘의 나는 더 조심스럽게 살지만, 덜 두려워하며 산다.

흔적은 지워지지 않지만,

그 덕분에 나는 같은 방식으로 아프지 않다.

상대가 아니라 나를 위한

용서하려고

애쓰던 날들이 있었다

괜찮아졌다고 말하면

모든 게 끝날 줄 알았지

하지만 마음은

자꾸 뒤를 돌아봤고

그 사람보다

그날의 내가

더 자주 떠올랐다

어느 순간부터는

사과를 기다리지 않게 되었고

설명을 듣고 싶지도 않았다

대신
내가 나에게
조금 덜 엄격해졌다

왜 그랬는지 묻기보다
그때는 그럴 수밖에 없었다고
조용히 말해 주는 쪽을
선택했다

용서란
잊는 일이 아니라
시선을 바꾸는 일이었고
그 사람에게서
나에게로
방향을 돌리는 일이었다

그 이후로
마음은
무음이 되었다

나는 이제
누군가를 이해하기 전에
나를 먼저 지나간다

그게
내가 배운
가장 느린
용서다

#10

용서는 늘 관계의 끝에서 시작되는 줄 알았다. 누군가를 이해하거나, 어떤 일을 정리하거나, 마음속에 남은 분노를 비워 내야만 가능한 일이라고. 그래서 한동안 나는 용서를 결론처럼 생각했다. 이 일은 이렇게 끝났다고, 이제는 괜찮다고 말할 수 있어야 비로소 다음으로 넘어갈 수 있다고 믿었다.

서른이 넘어서야 알게 된 건, 용서는 마무리가 아니라 방향이라는 사실이다. 누군가에게서 멀어지는 일이 아니라, 나에게 가까워지는 쪽으로 몸을 돌리는 일. 그날 이후 무엇을 참아왔는지, 어디까지 나를 몰아붙였는지를 돌아보는 일. 용서는 상대를 이해하기 전에, 그 상황 속에 있던 나를 다시 불러오는 과정에 더 가깝다.

나는 오랫동안 나에게 가장 냉정한 사람이었다. 왜 더 단단하지 못했는지, 왜 그 순간을 피하지 못했는지, 왜 그런 선택을 했는지. 이미 지나간 장면을 다시 꺼내 들고, 그 안에서 나를 심문하듯 세워 두었다. 그때의 나는 늘 설명해야 했고, 변명할 기회조차 없이 판단받았다. 그 심문이 끝나야만 마음이 조금 가벼워질 거라 착각했다.

하지만 시간이 지나면서 깨닫게 되었다. 계속해서 나를 벌주는 방식으로는 아무것도 회복되지 않는다는 걸. 용서는 잘못을 없애는 일이 아니라, 더 이상 같은 자리에서 나를 묶어 두지 않는 선택이라는 걸. 그래서 나는 어느 날부터 묻는 걸 멈췄다. 왜 그랬느냐는 질문 대신, 그때의 나에게 무엇이 부족했는지를 생각했다. 그리고 부족함이 있었다는 사실 자체를 죄로 만들지 않기로 했다.

30대의 용서는 조용하다. 큰 선언도 없고, 눈에 띄는 변화도 없다. 다만 같은 기억을 떠올릴 때 심장이 덜 조여 오고, 예전처럼 나를 몰아세우지 않게 된다. 그 차이는 아주 미세하지만 분명하다. 용서 이후의 마음은 밝아진다기보다, 덜 소란스러워진다. 감정의 소리가 낮아지고, 생각의 결이 부드러워진다.

나는 이제 누군가를 떠올릴 때 그 사람의 얼굴보다, 그 시기를 건너온 나의 상태를 먼저 본다. 얼마나 지쳐 있었는지, 얼마나 혼자였는지, 얼마나 잘해 보려고 애썼는지를. 그 사실을 인정하는 순간, 용서는 자연스럽게 나에게 돌아온다. 상대를 풀어 주는 대신, 나를 묶고 있던 기준 하나를

　　　　　　　　　　　　　무음의 마음

내려놓는 방식으로.

용서는 결국 기억을 다르게 안는 일이다. 같은 과거를 두고도, 더 이상 나를 상처 입히지 않는 방향으로 바라보는 선택. 그 선택이 반복되면서, 마음은 조금씩 안전한 장소가 된다. 서른의 용서는 그렇게 삶의 속도를 바꾸지 않고, 다만 삶을 대하는 태도를 바꾼다.

나는 아직 모든 일을 이해하지 못했고, 모든 감정을 정리하지도 않았다. 그래도 한 가지는 분명하다. 이제 나는 과거를 통과한 나를 함부로 부르지 않는다. 그게 내가 나에게 해 준 가장 성숙한 용서다. 그리고 그 용서는, 누군가를 향한 것이 아니라 오늘을 살아가는 나를 계속 앞으로 보내는 힘이 된다.

아직 받아들이기 어렵지만 그게 바로 어른이 된다는 마음인가 보다.

○ **나의 이야기_무음 03. 서른넷의 무게**

서른다섯이 되자, 삶에서 빠져나갈 수 있는 여지가 눈에 띄게 줄어들었다. 이제는 대부분의 일에 이유가 필요했고, 그 이유의 끝에는 늘 내가 서 있어야 했다. 선택하지 않은 일들까지도 어느 순간 내 몫이 되어 있었다. 그 사실을 부정하기엔, 이미 너무 많은 날들이 흘러 있었다.

아침에 눈을 뜨면 가장 먼저 떠오르는 것은 오늘 해야 할 일들이었다. 어제 미뤄 둔 것들, 오늘 안에 끝내야 할 것들, 그리고 내일로 넘기기에는 마음에 걸리는 것들. 하루는 늘 가득 찼고, 그 안에 감정을 넣을 자리는 많지 않았다. 피곤하다는 말은 쉽게 나오지 않았고, 쉬고 싶다는 생각은 자주 뒤로 밀렸다.

서른다섯의 나는 이제 누군가에게 기대기보다, 누군가의 기준이 되는 쪽에 가까워져 있었다. 후배에게는 괜찮은 어른처럼 보여야 했고, 가족 앞에서는 걱정시키지 않는 사람이 되어야 했다. 친구들과의 대화에서도, 예전처럼 막연한 불안을 털어놓기보다는 "다들 비슷하지"라는 말로 이야기를 정리했다.

사랑은 여전히 삶의 한 부분이었지만, 중심은 아니었다. 좋아하는 마음보다 먼저 계산되는 것이 많아졌다. 이 관계가 지금의 나에게 어떤 의미인지, 얼마나 지속될 수 있는지, 서로의 삶을 얼마나 존중할 수 있는지. 감정은 여전히 있었지만, 그 위에 현실이 겹겹이 쌓였다.

어느 순간부터 나는 사랑 앞에서도 담담해졌다. 상처받지 않기 위해서라기보다, 상처를 감당할 여력이 줄어들었기 때문이다. 무너지는 데에도 시간이 필요했고, 다시 일어나는 데에는 더 많은 에너지가 들었다. 그래서 나는 조심스러워졌고, 그 조심스러움은 때로 거리처럼 느껴졌다.

서른다섯의 불안은 예전과 달랐다. 크게 흔들리지는 않았지만, 늘 곁에 있었다. 잘못되면 다시 시작하면 된다는 말은 더 이상 쉽게 믿기 어려웠다. 다시 시작한다는 건, 그만큼 잃는 것도 많다는 뜻이었기 때문이다. 그래서 나는 무너지지 않는 쪽을 선택했고, 그 선택은 나를 단단하게 만들었지만 동시에 조금 무겁게 했다.

밤이 되면 문득 생각했다. 이렇게 계속 버티는 것이 정말 잘 살아가는 일인지, 아니면 그저 멈출 수 없어서 걷고 있는 것인지. 하지만 그 질문에 오래 머무르지는 않았다. 내일도 살아야 했고, 내일의 나는 오늘의 나보다 조금 더 괜찮아야 했기 때문이다. 서른다섯의 나는 울지 않았다. 울 시간이 없어서라기보다, 울 이유를 굳이 꺼내지 않았기 때문이다. 대신 조용히 넘겼고, 혼자 정리했고, 아무 일 없다는 얼굴로 하루를 마무리했다. 그렇게 견디는 법은 점점 익숙해졌다.

하지만 마음까지 무음이 된 것은 아니었다. 말하지 않은 감정들은 여전히 안에서 움직였고, 그 움직임은 아주 느린 진동처럼 삶의 바닥을 울렸다. 나는 그 소리를 완전히 지우지 않으려 애썼다. 아직 내가 나를 잃지 않았다는 증거처럼 느껴졌기 때문이다.

서른넷은 열여섯처럼 불안했고, 스물다섯처럼 흔들렸지만, 그 모든 것을 드러내지 않는 법을 배운 나이였다. 책임이 감정을 앞서게 되었고, 생계가 마음의 속도를 정했다. 그 안에서 나는 나를 지키며 살아가고 있었다.

그 시절의 나는 알았다.

   무음의 마음

아무도 대신 살아 주지 않는다는 것을.

그리고 그 사실을 받아들이는 순간부터,

삶은 더 조용해졌다는 것을.

그 조용함 속에서

나는 여전히 흔들리고 있었지만,

이제는 그 흔들림을 안고

내 자리에서 살아가고 있었다.

그것이

서른넷의

무음의 마음이었다.

이즈음의 어른이 되자, 나는 잘 살고 있는 사람처럼 보여야 했다. 실제로 잘 살고 있는지와는 조금 다른 문제였다. 중요한 건, 그렇게 보이는 것이었다. 삶이 안정적인지, 마음이 평온한지는 각자의 몫이었지만, 적어도 겉으로는 흔들리지 않는 사람이어야 했다.

서른 즈음의 일상은 늘 정돈되어 있었다. 일정은 미리 공유되고, 말투는 조심스러워졌으며, 감정은 쉽게 꺼내지지 않았다. 힘들다는 말에는 책임이 따라왔고, 불안하다는 고백에는 이유를 설명해야 했다. 그래서 나는 점점 설명하지 않아도 되는 표정을 익혔다.

사람들 앞에서 나는 늘 괜찮은 얼굴을 하고 있었다. 일은 무난히 흘러가고 있고, 삶도 큰 문제는 없다는 인상. 그 인상이 무너지지 않도록 나는 나의 하루를 잘 편집했다. 보여주고 싶은 장면만 남기고, 불안한 부분은 뒤로 숨겼다.

마음은 여전히 서툴렀다. 결정 앞에서 망설였고, 관계에서는 여전히 상처 받았다. 그런데도 나는 늘 성숙한 선택을 해야 했다. 감정이 앞서지 않도록, 상황을 이해하는 쪽을 택하도록. 어른이라는 이름은 종종 나의 마음보다 먼저 나를 불렀다.

누군가 나를 '어른답다'고 말할 때, 나는 웃으며 고개를 끄덕였지만 마음 한켠이 묘하게 비었다. 어른답다는 말 속에는, 흔들리지 말라는 기대가 함께 담겨 있었기 때문이다. 나는 아직도 가끔 겁이 나는데, 그 겁을 숨기는 데 익숙해졌을 뿐이었다.

서른의 관계는 계산적이라기보다 신중했다. 말 한마디가 오래 남고, 한 번의 실수가 관계 전체를 흔들 수 있다는 걸 알고 있었다. 그래서 나는 늘 적당한 거리에서 사람들을 대했다. 너무 가까워지지 않고, 그렇다고 멀어지지도 않게.

 무음의 마음

그 균형을 유지하는 데 생각보다 많은 에너지가 들었다.

사랑 앞에서도 나는 조심스러웠다. 마음이 없는 건 아니었지만, 감정에 모든 걸 맡길 수는 없었다. 이제는 삶 전체를 함께 고려해야 하는 나이였다. 좋아한다는 이유 하나만으로 선택하기에는, 지켜야 할 것들이 너무 많아졌다.

하루를 마치고 혼자가 되면, 그제야 숨이 조금 가벼워졌다. 잘 사는 사람처럼 보이기 위해 유지했던 표정과 말투를 내려놓고 나면, 생각보다 쉽게 지치는 나 자신이 남아 있었다. 그 모습이 부끄럽기도 했고, 한편으로는 너무 솔직해서 안쓰럽기도 했다.

서른의 나는 아직 어른이 된 기분이 들지 않는다. 다만 어른처럼 행동하는 법을 익혔을 뿐이다. 감정을 억누르고, 불안을 관리하고, 삶을 꾸려가는 기술. 그 기술 덕분에 나는 오늘도 무너지지 않고 하루를 건넜다.

이제는 안다.

괜찮은 어른처럼 산다는 건

늘 단단해지는 일이 아니라,

흔들리면서도

흔들리지 않는 척 살아가는 일이라는 걸.

나는 여전히 미숙하지만,

그 미숙함을 들키지 않으려 애쓰며

하루를 살아 낸다.

그 노력만으로도

나는 오늘,

충분히 애쓰는 어른이다.

무음의 마음

○ 무음의 마음에 대하여

이 책의 제목을 처음 떠올렸을 때, 나는 그것이 너무 조용해서 혹시 아무것도 전하지 못하는 말이 되지는 않을까 오래 망설였다.

무음이라는 단어는 설명하지 않으면 오해받기 쉬웠고,

마음이라는 단어는 너무 많이 사용되어 닳아 보이기도 했다.

그런데도 결국 이 제목을 놓지 못한 이유는,

이 말이 나의 시간과 가장 닮아 있었기 때문이다.

나는 늘 잘 말하는 사람이 아니었다.

슬픔이 왔을 때 곧바로 울지 못했고,

기쁨이 있어도 그것을 크게 표현하지 못했다.

괜찮냐는 질문 앞에서는

잠깐의 망설임 끝에 늘 같은 대답을 내놓았다.

"괜찮아."

그 말이 사실인지 아닌지를 스스로에게 확인하지 않은

채로.

어느 순간부터 나는 알게 되었다.

내 마음이 조용해진 것이 아니라,

조용해질 수밖에 없었던 것임을.

십 대의 마음은 늘 소리가 컸다.

감정은 이유 없이 밀려왔고,

그 이유를 묻기도 전에 이미 가슴이 먼저 반응했다.

좋아하는 마음은 숨길 줄 몰랐고,

서운함은 표정으로 먼저 흘러나왔다.

그러나 그 시절의 소리는 오래 지속되지 않았다.

말로 다 하지 못한 감정들은

항상 나중으로 밀려났고,

끝내 말이 되지 못한 채 마음속 어딘가에 남아

이름 없는 감정으로 쌓여 갔다.

그때의 나는 몰랐다.

말하지 못한 마음도 사라지지 않는다는 것을.

소리가 되지 못해도

분명히 남아 있다는 것을.

이십 대가 되자,

세상은 나에게 조금 더 빠른 속도를 요구했다.

생각할 틈보다 결정할 일이 먼저 왔고,

정리되지 않은 마음 위에

다음 하루가 덮였다.

그 시기의 나는

마음을 다루는 법을 배우기보다는

마음을 뒤로 미루는 법을 먼저 배웠다.

지금은 때가 아니라는 말로

스스로를 설득했고,

괜찮아지면, 조금만 지나면이라는 말 사이에서

나를 잠시 접어 두었다.

그 과정에서 마음은 점점 소리를 줄였다.

울고 싶을 때 울지 않았고,

아플 때 설명하지 않았다.

그것이 어른이 되는 일이라고,

버티는 것이 곧 성장이라고 믿었다.

무음은 그때

살아남기 위한 방식이었다.

삼십 대가 되자,

나는 다른 종류의 무음을 만나게 되었다.

더 이상 모든 감정에 반응하지 않아도 되었고,

모든 관계에 설명을 덧붙이지 않아도 되었다.

상처를 받지 않는 사람이 되지는 못했지만,

상처를 받았다고 해서

반드시 무너지지는 않는 사람이 되었다.

그때부터 무음은

견디는 기술이 아니라

나를 지키는 선택이 되었다.

마음이 시끄러울수록

굳이 말을 덧붙이지 않게 되었고,

아무 말도 하지 않아도 괜찮은 순간들이

조금씩 늘어 갔다.

마치 오래 사용하던 물건을

함부로 다루지 않게 되는 것처럼,

나 또한 내 마음을

조심스럽게 대하기 시작했다.

무음의 마음은

아무 일도 일어나지 않은 날들에 대한 기록이다.

눈에 띄는 사건은 없었지만,

그럼에도 하루를 끝까지 버텨 낸 시간들.

누군가의 기억에는 남지 않았을지라도,

분명 나를 여기까지 데려온 날들.

이 시집의 많은 화자들은

크게 외치지 않는다.

대신 속도를 늦춘다.

감정이 도착할 시간을 주고,

독자가 자기 마음을 꺼내 볼 틈을 남긴다.

나는 이 여백이

사람을 가장 많이 울린다고 믿는다.

설명하지 않아도 이해되는 순간,

굳이 말하지 않아도

고개를 끄덕이게 되는 그 순간을.

크고 작은 것들에 조금씩 닳아 간다고 생각하는가.

아무도 묻지 않았지만 힘들었던 날,

괜찮은 척이 습관이 되어 버린 순간,

사랑이나 꿈을

잠시 미뤄 둔 채 하루를 먼저 살아야 했던 시간들.

그 마음들은

대부분 소리가 없다.

그래서 더 외롭고,

그래서 더 오래 남는다.

나는 이 책이

그 무음의 순간들 옆에

조용히 앉아 있기를 바랐다.

아무것도 해결해 주지 않더라도,

무음의 마음

당신의 마음이 틀리지 않았다고

말해 주는 존재가 되기를.

그래서 내게 무음은

비어 있는 상태가 아니다.

오히려 너무 많은 감정이

말이 되지 못한 채 모여 있는 상태다.

그래서 쉽게 사라지지 않는다.

울지 않아도 남아 있고,

설명하지 않아도 존재하며,

아무 말도 하지 않아도

분명히 살아 있다.

이 책을 덮는 순간,

당신의 마음 한쪽에서도

조용한 감정 하나가

가만히 숨을 쉬고 있기를 바란다.

말하지 않아도 괜찮았던 마음들,

소리가 되지 않아도 사라지지 않았던 감정들.

그 모든 시간을

나는 이렇게 부르고 싶었다.

무음의 마음.

마음으로 남은 것들

나는 늘 말을 늦게 배웠다.

정확히 말하면, 말보다 마음이 먼저 도착해 버리는 사람이
었다.

그래, 글을 다 쓰고 나서야 알았다.

나는 이해받기 위해 이 책을 쓴 것이 아니라,

놓아 버리지 않기 위해 썼다는 것을.

말하지 못한 마음은

사라지지 않고 남는다.

다만 어디에 두어야 할지 몰라

우리 안에서 오래 서성일 뿐이다.

이 책은

그 서성임에 이름을 붙여 준 시간이었다.

아직도 나는

완전히 괜찮은 어른은 아니다.

여전히 속도를 숨기고,

때때로 비교하고,

가끔은 이유 없이 지친다.

하지만 예전과 다른 점이 있다면

그 마음을 함부로 밀어내지 않는다는 것.

조용히 안아 보는 법을

이제는 조금 알 것 같다.

이 책을 덮는 당신에게도

말로 하지 않아도 괜찮은 마음이 있다면,

억지로 소리를 내지 않아도 된다.

마음은 때로

무음으로 남아 있을 때

가장 오래, 가장 깊게 살아남는다.

그리고 그 무음 속에서

우리는 각자의 방식으로

조금 더 자신에게 가까워진다.

무음의 마음

ⓒ 주지혜, 2026

초판 1쇄 발행 2026년 3월 30일

지은이　　주지혜
펴낸이　　이기봉
편집　　　좋은땅 편집팀
펴낸곳　　도서출판 좋은땅
주소　　　서울특별시 마포구 양화로12길 26 지월드빌딩 (서교동 395-7)
전화　　　02)374-8616~7
팩스　　　02)374-8614
이메일　　gworldbook@naver.com
홈페이지　www.g-world.co.kr

ISBN　979-11-388-5734-5 (03810)